MUJER DE TIERRA

MUJER DE FUEGO

La Voz de las Mujeres del Fin del Mundo

Alejandra Brañes Araya

ISBN: 9798803551911

Santiago de Chile, abril de 2022

Para mi hijo Alejandro

En memoria de Eliana Salazar

Alejandra Brañes Araya nació en Chile, en un pequeño pueblo cerca de Santiago. Estudió Periodismo en la Universidad de Santiago de Chile y ejerció como reportera en importantes medios chilenos. Cursó Estudios de Género en la Universidad de Chile y obtuvo el grado de Magíster en Gestión Estratégica de la Comunicación en la Universidad UNIACC. Ha realizado estudios de Literatura y Escritura en la Universidad Internacional de Valencia y la Universidad del Desarrollo en Chile. Es coach y académica.

escribir_crecer_y_sanar

@Alejandrabranesaraya

Alejandra Brañes Araya

escribircrecersanar.blogspot.com

Te invito a conocer a las mujeres del fin del mundo y su territorio

Alejandra Brañes Araya

PRIMERA PARTE

Cuerpos de Tierra

Coro

Alguna vez fuimos. Nosotras, las que hablábamos con el bosque. Los ríos nos obedecían y las montañas tronaban bajo nuestras órdenes. Nadie nos conoció. Sólo el viento y la tierra. Pero estuvimos. El agua era nuestra, nos pertenecían el bosque y los relámpagos en invierno.

Nombrábamos las fuerzas de la tierra con nuestra lengua ignota, que creíamos inviolable.

Pero entonces llegaron ellos, los de cuerpo de metal, que deseaban y tomaban. Ellos, con sus armas incomprensibles que convertían la piel en humo.

Nos aprisionaron en sus palabras y la lengua de las Diosas escapó de nuestras bocas.

Solas, perdidas en la noche infinita del silencio, nos hundimos en las cavernas. Nos protegieron el río y los leones andinos.

Quedábamos tan pocas y las Diosas no escuchaban la lengua de los hombres.

Pero aún éramos naturaleza. Nos fundimos con la montaña. Nuestra voz recobró el habla primigenia y se hizo fuego que brotó del fondo de la cordillera.

Lo dominamos todo con olas febriles. Nosotras, inconquistables, recobramos la tierra.

Pero ustedes nada saben. La magia de nuestras manos se perdió con nuestra carne.

No nos busquéis. No dejamos rastros. No hay murmullo que nos describa y las rocas escondieron nuestros secretos.

Reinamos.

Caímos.

Capítulo I

—¿Les dijiste? —preguntó la anciana al muchacho.

En la penumbra, él apenas podía distinguir los ojos pequeños y rasgados de la mujer. Pero la conocía y podía imaginar los surcos profundos de sus arrugas incontables, su piel dura y morena que hablaba de muchos veranos y de llantos desgastados. El humo del fogón era espeso. Olor a árboles, a bosques derrotados. Ella estaba sentada sobre un montón de paja, mientras revolvía un gran caldero donde se mezclaban ingredientes y odio. Por las maderas mal unidas del cuartucho, entraba un viento helado que atizaba el fuego. El caldo hervía. Sonaba el agua, el viento, los restos de madera vencidas por las llamas.

—Los ojos de Miranda brillaron —respondió él.

Él tenía unos veinte años, flaco, con el rostro descompuesto por el hambre y los golpes. Se acercó tímidamente y estiró las manos hacia el fogón para poder calentarlas.

—¿Hablaste de las piedras verdes? —preguntó la anciana.

Su voz era grave, dominante.

—Sí, de las minas repletas de tesoros que ellas se niegan a explotar —respondió.

—¿Qué les dijiste de las innombrables?

—Les dije que son brujas, que muchos hombres han sido sacrificados por ellas.

—Más vale que no los asustaras —le advirtió la anciana.

—A estos nada los asusta cuando se trata de riquezas, menos un grupo de mujeres.

—Esas no son mujeres —replicó ella—. Son espíritus funestos en cuerpos de carne.

—¿Tú has visto a alguna? —preguntó el joven lleno de curiosidad.

—A una, en el río, mientras buscaba al hijo que me habían robado. Era alta y fuerte. Tenía la piel como el cobre. Brillaba bajo el sol. Su cabello largo y negro la cubría…

—¿Andaba desnuda? —inquirió el muchacho imaginando a esas mujeres misteriosas que poblaban los bosques y las leyendas de su pueblo.

—El deseo de su desnudez y belleza ha matado a muchos hombres. Otros han muerto persiguiendo sus minas de oro y piedras cristalinas —gruñó la mujer mientras continuaba revolviendo el caldero—. Ellas tienen los ojos como espíritus maléficos; grandes, profundos, como el infierno del que hablan los cristianos. Le advertí a mi hijo sobre ellas, pero de nada sirvió, salió persiguiendo a una que lo embrujó con su mirada oscura. Se internó río arriba buscándola, se perdió en el bosque que no debe ser nombrado. Lo busqué durante tres días. Una tarde vi a una de ellas en el río. Le grité, le rogué, la amenacé que si no me devolvía a mi hijo habría guerra, porque él era heredero de un gran líder. Ella me miró largamente, inexpresiva y desapareció entre los árboles.

—¿Y las combatieron?

—Nos preparábamos para la batalla cuando llegaron los españoles y el enemigo cambió. Poco importaba un hijo cuando había que luchar por la libertad. Finalmente me despojaron de todo. No tengo hijo, no tengo esposo, y sirvo a mi enemigo.

La anciana permaneció largamente en silencio, masticando el odio. El muchacho tembló, le tenía miedo a la vieja; todos le temían, hasta los conquistadores la evitaban.

—Pero ha llegado la hora de la venganza —añadió, y una sonrisa siniestra se adivinó en el rostro oscurecido por la noche y el humo—. Los españoles conocerán a las innombrables y ellas tendrán que combatirlos.

La olla hervía escandalosamente. La anciana miró el caldo, le echó tres escupitajos, una maldición y anunció que la cena estaba lista.

Coro

Éramos una leyenda. Las Diosas nos habían creado para resguardar las montañas. Un día lluvioso ellas se reunieron y bailaron y rieron bajo el agua. Nosotras nacimos de la mezcla de sus risas y de las gotas de lluvia al caer en la tierra. Cuando nos vieron, nos amaron y nos entregaron el dominio del bosque. Nos besaron y en sus besos aprendimos sus palabras y sus conjuros. Cuando nos hicimos adultas, ellas nos heredaron la tierra. A veces nos visitaban, con la lluvia, para recordarnos que fuimos creadas por la risa, por el barro y por el agua que se convertía en sangre en nuestros cuerpos, que también creaban hijas.

Las Diosas nos advirtieron sobre los hombres y sus deseos de dominarnos. Nos contaron que ellas crearon muchas hijas que repartieron por el mundo para disfrutar de la tierra, del agua, de los cielos. Pero finalmente fueron oprimidas por los varones deseosos de poseer su fuerza vital.

Las obedecimos y en nuestra larga vida contemplamos a los hombres desde lejos, resguardadas por los árboles y las montañas. Los vimos en todas sus formas, en todos sus colores, con sus ropajes y sus distintas lenguas. Siempre combatiendo, esclavizando, poseyendo. Ellos no nacieron de la risa. Ellos no podían sangrar y sus cuerpos no llovían vida. Los vimos débiles en su insignificante mortalidad. Y usamos su arrogancia y su incontrolable deseo de dominio para nuestro propio beneficio. Venían hacia nosotras como fieras y los cazábamos con facilidad. Vanos, creían poder subyugarnos en nuestro propio territorio, y terminaban como animales enjaulados. Jamás los dejamos regresar. Era nuestro pacto con las Diosas.

Aquellos hombres tenían una buena muerte después de asegurarnos nuestra propia estirpe. Se dormían narcotizados por el sexo y la bebida. Luego los entregábamos como ofrendas a nuestras creadoras. Dejábamos sus cuerpos en la cima de la montaña, donde las Diosas los abrazaban con sus manos convertidas en nieve.

Mucho se hablaba de nosotras, pero nos desconocían. Decían que matábamos a nuestros hijos varones y tenían muchas leyendas para describir esos asesinatos. Pero las Diosas nos enseñaron la magia para parir sólo hijas y así mantener nuestro equilibrio y dominio sobre la tierra que nos habían heredado.

Teníamos un mandamiento único: jamás revelar nuestra palabra a un extranjero ni aprender la voz de los hombres.

Y pesaba sobre nosotras una maldición: el día en que una de nosotras hablara otra lengua y pariera a un varón, las Diosas nos destruirían.

Capítulo II

Luis Miranda llegó tarde a la repartición de tierras. Era niño cuando los grandes conquistadores atravesaron el mar para adueñarse de territorios fabulosos poblados de oro y gloria. Cuando ya tuvo la edad suficiente para embarcarse en la aventura, sólo quedaban los despojos del Nuevo Mundo, tierras inútiles, minas agotadas, indios indomables. Pero aún quedaban las leyendas, y decenas de hombres se perdían tras la promesa de ciudades hechas de oro. Miranda también quiso perseguir sueños dorados. La machi lo sabía cuando envió al mestizo José a hablarle sobre la tribu de mujeres sin nombre, y sus minas de piedras preciosas inexplotadas.

Por ese entonces Luis Miranda llevaba veinte años en América. Había luchado en los bandos victoriosos, contra los enemigos correctos y podía ser considerado un hombre rico. Poseía tierras para cosechar, indios para explotar y evangelizar, su voz era escuchada por sus pares. Habían quedado atrás el hambre de la infancia, los golpes, el abandono, la madre que fue vieja siempre. Se había dado el lujo de traer a una mujer española para engendrar hijos legítimos, a quienes sus huachos mestizos tendrían que servir. Pero no era suficiente. Luis Miranda no había nacido para encomendero, para morir tranquilo cosechando la tierra; Luis Miranda había nacido para conquistar, y por fin Dios abría los cielos para mostrarle una tierra virgen.

No era un hombre ingenuo. Desconfiaba de los indios. Sabía que le podrían inventar cuentos para arrastrarlo a la muerte y así conseguir la libertad. Pero hay narraciones demasiado seductoras, leyendas perfectas que no se pueden desechar.

Y estaban las pruebas. Las tierras de Miranda se ubicaban junto a un río que los nativos llamaban Bravía. Así, en femenino, por culpa de la tribu de mujeres que no podían ser nombradas ("las innombrables", las llamaban). Era un torrente peligroso, ancho, de color esmeralda. Bravía era una traición constante. A veces pacífico y en otras ocasiones poblado de torbellinos que devoraban embarcaciones como dragones hambrientos. Después de las tormentas, del agua se podían rescatar esmeraldas y pepitas de oro que quedaban tiradas en la ribera como piedras inútiles. Miranda estaba seguro que río arriba había riquezas inimaginables, como las descritas por el mestizo José.

Algunos de sus hombres decían haber visto a mujeres en el bosque. Criaturas delicadas, morenas, que desaparecían entre los árboles. También había perdido a buenos soldados persiguiendo esos espejismos.

Riquezas, mujeres. Era el sueño de toda expedición conquistadora. Y él, Miranda, podría ser el dueño de ese territorio salvaje. Sólo había que aventurarse río arriba, desafiar al bosque, a la leyenda de las innombrables, y convertirse en inmortal.

Rápidamente se puso en campaña. Consiguió el auspicio de Gonzalo de los Reyes, un comerciante exitoso de la capital, y estableció los contactos apropiados para conseguir los permisos reales. Su hermano, Pedro El Fraile —una criatura astuta y bien relacionada-, atrajo a un par de sacerdotes, necesarios para realizar una conquista pía como las promovidas por la corona. También, en secreto, se hizo de un par de machis confiables, por si acaso los cuentos de las innombrables eran ciertos y el catolicismo no podía con ellas. Su hijo huacho, el mestizo Francisco, que se había hecho sacerdote por pura convicción, también quiso participar, deseoso de evangelizar a esas criaturas perdidas que causaban tanto espanto entre los indios.

Pasaron doce meses de pura preparación, papeleo, intrigas para detener las ambiciones de otros españoles atraídos por las promesas de riquezas fáciles. Otro tanto costó conseguir indios de servicios que estuviesen dispuestos a seguirlos, pues muchos preferían la muerte a enfrentarse al bosque.

Para todos fue una sorpresa que la india Josefa se levantara, dejara la caldera y le dijera a Miranda que los acompañaría. Era la machi más vieja de toda la región, la más poderosa, la que más odiaba a los españoles. Se la culpaba de las enfermedades de los niños blancos, de las cosechas perdidas, de los animales débiles. Pero nadie se atrevía a dañarla. Era como enfrentarse al demonio.

–¿Y por qué tú, bruja, quieres ayudarnos? –le preguntó Pedro El Fraile.

Entre las arrugas, los ojos rasgados y negros de la anciana brillaron vengativos.

–Tengo mis propias cuentas con las innombrables –respondió.

–Las innombrables no existen –se burló el cura Remigio, compañero de Pedro.

Una sonrisa cínica se dibujó en el rostro duro de la indígena.

–Pronto conocerán a las innombrables y desearán que yo esté con ustedes.

Miranda observó largamente a la vieja. Luego encogió los hombros.

–Mientras no nos estorbes, puedes seguirnos –concluyó.

Pasaron el invierno juntando fuerzas, comida y las riquezas que dejaba el río después de los temporales. La primavera llegó lentamente, como si con su tardanza la tierra intentara proteger a las hijas del bosque. Pero finalmente la lluvia cesó, las tardes se alargaron, el sol cobró fuerza y el bosque se llenó de flores.

Coro

Los cóndores nos trajeron el rumor. Hablaron de nuevos conquistadores. Dijeron que ellos no comprendían lo que decía la tierra, el agua y el viento. Que se adoraban a sí mismos, en dioses hechos a su imagen y semejanza.

El invierno confirmó la amenaza. Vimos sus cenizas flotando en las tormentas. Oímos los árboles gritando en sus fogatas. Olimos la muerte.

Ocultas en la nieve, bajamos hasta el pueblo y los observamos por primera vez.

Creímos que eran de metal. Quizás hijos de dioses distintos que no los hicieron de carne y sangre, como éramos los nativos de estas tierras. Los cóndores nos dijeron que eran hombres que venían de muy lejos, de un mundo regido por dioses martirizados.

Tenían animales hermosos. Esbeltas criaturas de ojos brillantes, cabellos largos y suaves, cuello musculoso. Nos fascinaron. Cuando los hombres los montaban hacían una danza de velocidad y belleza, que provocaba temblores en la tierra. Creímos que eran un hechizo.

Quisimos atraerlos a nuestros bosques, hacerlos nuestros, pero eran criaturas extranjeras y no podíamos usar nuestra lengua para apropiárnoslas. No nos comprendieron.

Vimos que los hombres de metal eran letales. Poseían armas filosas que desmembraban, látigos que azotaban y cadenas para esclavizar. También tenían unos aparatos que explotaban como truenos y mataban más rápido que una flecha. Los había de todos los tamaños. Unos más pequeños, que podían ser cargados por un hombre y otros que debían ser arrastrados por varios.

Ayudadas por el invierno, invocamos a los relámpagos, que en un destello quemaron uno de los aparatos, mientras los hombres dormían.

No eran infalibles, pensamos, y creímos que serían otro grupo de insensatos que podríamos espantar de nuestros dominios.

Nos refugiamos en el bosque a esperar la primavera y celebrar el tiempo de las Diosas.

Capítulo III

María Beatriz contempló desde su ventana una flor de verano que había despertado antes, como si quisiera disfrutar la primavera. Era espléndida. Una campana colorada que anunciaba el sol, los deshielos, las mañanas escarchadas deshechas por los mediodías azules. Estiró la mano y el calor de sol matutino, aún pequeño y fugaz, le llenó la piel. Le avergonzó el placer que le causaba a su cuerpo esa mañana ahíta de vida y entró en su cuarto oscuro y frío como una tumba.

La esposa de Miranda siempre vestía de negro, porque siempre había un muerto por quien llorar. El invierno se había llevado a su hijo pequeño, y el dolor era tan intenso, que la primavera le parecía una burla.

Se sentó junto a la cama y comenzó a bordar. Lo hacía de memoria, escapando de ese sol que la hacía sentir culpable. Junto a ella la imagen de una virgen, piadosa, vestida de reina, siempre con los ojos en el cielo, bendecía su sufrimiento.

Escuchó en el patio la voz de los hombres, el relinchar de los caballos, el movimiento de las tropas, los pequeños cañones haciendo surcos en la tierra aún mojada, el ladrido exaltado de los perros.

Pensó en los tres hijos que aún le quedaban vivos y agradeció a Dios que los dos varones fueran muy pequeños para ir a la conquista. Que su marido se fuera a conquistar nuevos mundos con sus bastardos y dejara en paz a sus pequeños de cabellos castaños y ojos de color miel. Maldijo al Nuevo Mundo y lamentó la suerte de su progenie que no pertenecía a ese territorio indómito, donde sólo los mestizos podían germinar.

Dejó el bordado sobre la cama y comenzó a rezar. Perdón por odiar, perdón por el placer del rayo de sol sobre su mano, perdón por el dolor de sus hijos muertos. Cuando ya estuvo vacía de sensaciones, retomó la labor. Sus manos, obsesivas, danzaron sobre la tela, mientras la aguja le clavaba una y otra vez la piel de los dedos. También había goce en el sufrimiento del bordado, pero era una acción pía, dolorosa, como el suplicio de María al recibir a su hijo crucificado.

María Beatriz, con su pelo rubio y sus ojos verdes, se enterraba en su cuarto. Era costurera, madre y hacendada. Daba órdenes desde la oscuridad de su claustro húmedo, que Miranda evitaba. Veía el desprecio en los ojos pequeños y cínicos de las indias.

Ellas, las siervas, las que no tenían alma, osaban burlarse de su patrona. Lo leía en sus gestos, en sus palabras incomprensibles. Las veía desde la ventana caminar altivas bajo el sol, con los cabellos largos y trenzados, mimetizadas con la tierra. Se veían libres. Libres de pecado, de penitencia, de vírgenes dolorosas y cristos mutilados. Sus cuerpos cobrizos estaban llenos de vida. Miranda prefería penetrar a esas salvajes que entrar al lúgubre lecho conyugal. Una vez lo escuchó tomar a una india en el pasillo. Los golpes en la pared del acto violento, intenso, de su esposo entrando en el cuerpo de la mujer. Sus gruñidos de placer, los quejidos de ella. La larga letanía genital. Cuando todo terminó, María Beatriz temblaba y sus uñas rasguñaron la muralla mancillada. Y rezó y rezó la noche completa, pero ningún ave maría secó el hambre de su entrepierna, que recibía con discreción la visita ocasional de un hombre que ni siquiera la miraba.

Ella la era la joya de la casa. El objeto que Miranda había comprado en España. Una importación directa de un internado en Extremadura. La yegua de pura sangre que existía para parir bestias puras que dominarían la tierra y engendrarían en las indias de los pasillos, de los campos, una población de mestizos sin tierra, sin raza, sin familia ni apellido.

María Beatriz, obsesionada en su bordado, había cumplido treinta años ese invierno.

SEGUNDA PARTE

Cuerpos del Bosque

Hermana 1

Por fin mi tiempo había llegado. Sangró mi cuerpo en otoño y esperé con ansias que las hojas cayeran, que la lluvia cantara, que las montañas se llenaran de nieve, para celebrar mi unión con las Diosas. Esta era mi primavera. Dejaba de ser parte de la manada de niñas, para entrar en el mundo de las mujeres. Quizás, algún día, podría llegar a ser parte de Las Magas y las Diosas hablarían conmigo en los lugares pactados por nuestras predecesoras.

Como todas las niñas, yo no tenía nombre. Nosotras seguíamos, aprendíamos, cuidábamos a las más pequeñas, como un corro de ciervos. Era la sangre la que nos daba el derecho a ganarnos un nombre. Como un balbuceo comenzábamos a dominar a la tierra y a las bestias. Pero cuando fuéramos nombradas, podríamos ejecutar conjuros y convocar a los elementos. Por ahora sólo nos permitían usar el habla.

Una mañana en la que se mezclaba el frío con el sol y nuestro río corría espeso y revoltoso, Iklam´nak nem convocó a la tribu y separó a cinco de las niñas que habíamos sangrado en el periodo de oscuridad.

Iklam´nak nem era nuestra madre, la más poderosa de las magas, la que había sido nombrada tres veces y hablaba directamente con las Diosas.

Nos llevó al bosque, al lugar prohibido para las niñas. Caminamos bajo la mirada de árboles milenarios, que nos tocaban con sus hojas para saber si éramos dignas de vivir bajo sus sombras. Si ellos nos juzgaban negativamente, jamás lograríamos ser mujeres.

Nos detuvimos en un claro, donde brotaba un manantial mágico, profundo, de fondo oscuro, impenetrable, pero su agua era tan cristalina que en ella se veían claramente las nubes y el sol.

Iklam´nak nem nos ordenó acercarnos al manantial y nos dijo:

-Conózcanse.

Con el corazón encogido me acerqué al agua y encontré mi rostro, mirándome asustado desde el fondo del manantial. Era yo. Estiré las manos y mi imagen en el agua también mostró las suyas, de dedos largos y palma fuerte. Ambas tocamos el agua, que tembló como si riera. Me mojé la frente alta, despejada, y el agua me devolvió la imagen de mi rostro humedecido. Mis ojos eran grandes y negros, como la noche más oscura. Mi nariz era breve. Mi boca pequeña y rosada, como una fruta de verano. Mi rostro era redondo como la luna, pero el color de mi piel era tostado, como las hojas en otoño. Era toda yo en ese pedazo de agua. Y mi vida se llenó de promesas en esa imagen.

-Ahora que saben quiénes son, vayan a buscar sus nombres –anunció Iklam´nak nem.

El rito comenzaba.

Hermana 2

La búsqueda de un nombre nos obligaba a dejar de ser hermanas. Era feliz en el grupo de niñas. Todas éramos nadie o simplemente una promesa de algo. Animales libres y protegidos. Cuando contemplé mi imagen en el manantial, entendí que era única, y aunque había visto mil veces los rostros de mis hermanas, sólo cuando me levanté y volví a mirarlas, comprendí nuestra diversidad. Después de vernos y reconocernos, nunca volveríamos a ser la manada homogénea que nos preservaba del mundo.

Repentinamente me sentí sola, desgarrada. La muchacha del manantial, con sus ojos rasgados, oscuros, su nariz aguileña y su boca grande, de labios gruesos, me secuestraba de mi redil de veranos en calma e inviernos resguardados, y me obligaba a lanzarme al bosque en la búsqueda de un nombre.

Recordé los árboles y sus hojas tocándome la piel, examinándome. Si ellos decidían que no era digna del bosque, me negarían su cobijo y moriría en la primera noche del ritual.

Cuando Iklam´nak nem nos dejó solas, debimos separarnos. Se decía que una de nosotras había nacido de las tres veces nombrada, pero nadie en la tribu sabía realmente quién la había parido. Era la costumbre enseñada por las Diosas. Todas madres, todas hijas, todas hermanas. Hijas de la tribu.

Cuatro días solas, errando por nuestro territorio, para ser medidas por la Tierra. Las bestias, el bosque y los elementos debían aceptarnos, para poder regirlos.

Caminé durante horas entre los árboles. Por momentos su follaje era tan espeso, que no podía ver el suelo que pisaba, y las ramas me rasguñaban la piel desnuda. Recordé que me contaron que a veces los árboles simplemente ensartaban el corazón de las que consideraban indignas. Presentí la hostilidad del bosque. Me arrodillé ante ellos y les rogué piedad. Un fruto cayó junto a mí. Era dulce, jugoso. Me apagó la sed como si fuera magia.

La noche se presentó repentina y helada. Añoré a mis hermanas, sus abrazos, la calidez de la tribu. Como si los árboles comprendieran mi desolación, se inclinaron sobre mí y me cobijaron con sus ramas. Había superado la primera prueba: el bosque me aceptaba.

Hermana 1

Desperté sobre las ramas del árbol que trepé al anochecer buscando refugio. En medio de la oscuridad no me di cuenta de lo alto que había subido, pero al amanecer, pude ver las montañas, las copas de los árboles, y a los lejos, el gran río.

Había superado la primera prueba, los árboles me bendecían. Ahora tenía que buscar la aprobación del agua.

Se decía que la etapa más difícil era enfrentar el río. Había que cruzarlo. Y era ancho, caprichoso, impredecible. Estaba lleno de trampas. En algunos sitios se veía tranquilo, como un lago, pero sus piedras filosas podían desgarrarte. En otros lugares su torrente era tan intenso, que era imposible sobrevivir.

Durante el verano, las mujeres nos dejaban bañarnos en su corriente porque ellas ya habían superado la prueba y el agua las obedecía.

El río nos había visto crecer y aunque aún no teníamos nombres, nos juzgó desde la primera vez en que su agua helada y transparente tocó nuestra piel.

Ahora conoceríamos su veredicto.

Bajé del árbol. Me incliné bajo su sombra. Saqué mi cuchillo y lo enterré en mi palma derecha. Mi sangre cayó sobre la raíz esbelta del bosque. El pacto se había concretado.

Caminé hacia el río. Escuché su canto desde lejos. Su voz que hacía danzar las rocas, que alimentaba la tierra, que tronaba en el invierno junto a la lluvia y las luces del cielo. La sangre de mi raza era el río. Nos pertenecíamos. A medida que me acercaba a él percibía su torrente corriendo bajo mi piel, bravío, imperioso. Me llamaba. El agua conocía mi nombre. Las mujeres parían en sus dominios. Cuando llegaba la hora, entraban al río, y éste se volvía calmo, como las canciones que nos entonaban nuestras hermanas mayores para dormir. Y el agua nos recibía como si tuviera brazos para acunarnos, labios para besarnos, pechos para alimentarnos con el valor necesario para enfrentar el mundo.

Mi madre era el río. Mientras corría hacia él sentía que me diluía. Eran líquidas mis manos, mis piernas. Mi cabello era una cascada.

Cuando por fin llegué frente a él, comprendí su vastedad. Corría. Agua esbelta, clara, rápida como miles de flechas lanzadas por infinitas arqueras celestiales. Yo me había convertido en un arroyo, destinado a alimentar su torrente. Me lancé a su cauce. Sentí su golpe en la piel. La fuerza de su abrazo que me atrapaba. Pero el agua no le teme al agua, y aunque las piedras herían mi carne, yo continuaba. Era un juego. Muerte. Vida. Nada importaba. Me había hecho parte del río. De pronto su abrazo se hizo más suave, hasta convertirse simplemente en una caricia. Volví a escuchar los latidos de mi cuerpo y nuevamente fui humana. Había llegado al otro lado de la ribera.

Caí de rodillas, vencida por el embrujo del río. Nuevamente tomé mi cuchillo, me hice una herida en el vientre y dejé que la sangre fluyera hasta el agua. Había concretado mi segundo pacto: le daría mis hijas al río.

Cuando aún no me ponía de pie, escuché el grito de una de mis hermanas. Nadaba en medio del río. Pero el agua no era gentil, no danzaba junto a ella como lo hizo conmigo. La azotaba contra las piedras. La aprisionaba entre sus torbellinos.

-Conviértete en agua –le grité.

Ella me pidió ayuda. Su mirada se aferró a mi cuerpo. La sentí como un latigazo.

-Conviértete en agua –repetí, pues no podía ayudarla. El rito lo prohibía y yo quería obtener mi nombre.

Perdí su mirada bajo el brillo del sol reflejándose en el río. Me quedé de rodillas, temblando. Era la primera vez que veía a la muerte.

Hermana 2

Aún caminaba en medio del bosque, cuando escuché el grito de terror de mi hermana. Corrí hacia la ribera, pero cuando llegué, sólo se veía el agua y los árboles. Me senté sobre una roca y lloré largamente. La pérdida se sentía insoportable. Recordé el rostro de las hermanas con quienes comencé el rito. Lloré por cada una de ellas. Vi sus rostros, sus sonrisas, pensé en nuestros juegos, en la vida que habíamos compartido. El dolor era más fuerte que el miedo a atravesar el río. Y mis lágrimas corrían por mi rostro, caían a la tierra, mojaban la brisa y volaban hacia nuestra agua primordial.

Ensimismada en mi pena, había perdido todo interés en mi alrededor, sólo cuando me tranquilicé pude notar el silencio que me rodeaba. Era como si el mundo entero se hubiera detenido para observar mi llanto. El viento callaba, las nubes parecían trémulas y las ramas de los árboles tendían sus brazos hacia mí, como si quisieran alcanzarme para darme su consuelo.

También el río estaba paralizado y me observaba con sus ojos transparentes.

Me puse de pie, creyendo que el mundo volvería a activarse, pero nada ocurrió. El río había perdido toda su fuerza. Me introduje en el agua. Estaba perpleja, pero sin temor. Aún la pena apretaba mi garganta. Y nadé como si lo hiciera en un manantial. No sentí la corriente, ni los torbellinos, ni las piedras. Llegué al otro lado del río sin ninguna resistencia. Sólo después que herí mi vientre y mi sangre llegó al río, el mundo volvió a activarse.

Hermana 1

Estaba en el reino de los leones de las montañas. Eran suyos los árboles, las rocas, el barro que se pegaba a mis pies.

Las mujeres y los leones habían hecho un pacto en el tiempo de las Diosas para poder compartir el territorio y las presas. También nos protegíamos mutuamente. Si el cazador de alguna tribu mataba a una bestia, nosotras estábamos obligadas a vengar su muerte. Si un extraño entraba a nuestro territorio, los leones debían devorarlo. Pero la promesa no amparaba a las niñas sin nombre, por eso jamás cruzábamos el río para adentrarnos en su territorio.

Con la mano y el vientre heridos, el viento llevaba el olor de mi sangre a las narices de las bestias para alertarlas de mi presencia.

El sol se ocultaba y las últimas luces del día llenaban el bosque de fantasmas. Podía percibir el movimiento de los leones. Sus pasos sinuosos, sus músculos tensos, sus ojos color miel midiéndome, sus lenguas testeando el sabor de mi carne.

La oscuridad se hacía más espesa. Me senté junto a un árbol y comencé la oración que Las Magas nos enseñaron. Era el pacto dejado por las Diosas. Lo repetían las mujeres cada vez que entraban a la tierra de los leones, cada vez que vengaban la muerte de uno de ellos. Los animales conocían las palabras.

Me escuchaban. Se movían entre los árboles. Las hojas crujían levemente, como si una brisa las rosara. Vi los ojos centellantes de un león muy cerca de mí. Luego, dos pares más de ojos se abrieron. Dos a mi izquierda. Dos a mi derecha. El terror era insoportable. Quise correr, intentar subir el árbol. Recordé que esa era la etapa más sangrienta del rito, porque el pacto que pedían los leones no era una gota de nuestra sangre, sino una vida completa. Elegirían a una de nosotras y la devorarían.

Hermana 2

Escuché un grito. Entre la espesura, la oscuridad parecía un ánima con manos largas, una víbora presta a morder. Caminé y nuevamente escuché ruegos desgarradores dichos en mi lengua. Era una de mis hermanas.

Me quedé desconcertada, temblando, de pie entre dos árboles y comencé a repetir el pacto dejado por las Diosas.

Nuevamente comenzaron los gritos. El dolor de mi hermana se hendía en mi piel, como si decena de uñas y dientes me despedazaran. Escuché los rugidos de los leones que la devoraban. Mi corazón latía. Casi no tenía aliento para emitir las palabras que las bestias demandaban. Entonces se paró frente a mí un león. La oscuridad sólo me permitía ver sus ojos brillantes. Emitió un rugido poderoso. Se acercó a mí enérgico, como si quisiera marcar su supremacía. Respiré profundo y grité la oración. Sentí su hocico húmedo de sangre en mi pierna. Continué mi letanía. Me olfateó con displicencia y luego dio media vuelta, regresando al bosque. Ya estaba satisfecho.

Al verme libre corrí de regreso al río. No tenía fuerzas para llorar, ni siquiera podía pensar. Sólo quería escapar de los gritos y los rugidos.

El rito no había terminado para mí. Corrí río arriba enloquecida, buscando el hielo que me daría el cobijo final.

No sé cuánto avancé. Exhausta, caminé sin convicción, buscando el lugar prometido de nuestras leyendas. Allí, donde nos consagraban como mujeres.

En mi delirio, pensé que aquel sitio mítico, ese lugar esculpido en hielo por las propias manos de las Diosas, era sólo una quimera.

Repentinamente todo se volvió agua delante de mí. Me detuve. Estaba amaneciendo. Iluminado por las primeras luces del alba, el templo de las Diosas se presentó ante mí. Era un gran lago color verde, rodeado por bosques, en cuyas aguas nacía el río. Al fondo, había una muralla gigante de hielo, detrás de la cual se levantaban montañas que tocaban el sol. Caí de rodillas frente a tanta magnificencia y di gracias a las Diosas por escucharme.

Mientras agradecía percibí la presencia de alguien junto a mí. No abrí los ojos ni quise moverme. El canto de las Diosas recorría mi cuerpo. Ellas entraban en mi carne. El lago, la muralla de hielo, los árboles, los leones y la hermana que había sobrevivido junto a mí, éramos un solo ser.

Hermana 1

La voz de las tres veces nombradas interrumpió nuestras oraciones. Era cerca de mediodía y ella se veía alegre y orgullosa.

Nos habló en nuestra lengua acerca de las Diosas, de las pruebas que habíamos superado y nos dijo que ya éramos mujeres de la tribu y por ello, nos habíamos ganado nuestros nombres.

A mi hermana la llamó Nemyek para destacar que con fe y piedad pudo sobrevivir a las pruebas.

A mí me nombró Yelakma, pues me había ganado mi sitio gracias a mi coraje.

Luego nos llevó a una cueva que estaba junto a la muralla de hielo. Era fría e inhóspita, sin embargo las paredes brillaban.

Iklam´nak nem dijo que la cueva era infinita y contenía todas las riquezas con las que soñaba el hombre, por eso nosotras las resguardábamos de su codicia.

Nos ordenó pasar ahí nuestra primera noche como mujeres, meditando acerca de la fatuidad de lo que otros consideraban riquezas. En la mañana debíamos emprender el regreso caminando río abajo, hasta encontrar las canoas que nos estarían esperando para cruzar el torrente (que aún no sabíamos dominar). Finalmente debíamos ir a nuestro hogar, donde seríamos recibidas por la tribu y comenzaríamos a ser llamadas por nuestros propios nombres.

TERCERA PARTE

Mujeres y Cuerpos

Capítulo I

El río Bravía se presentaba ante ellos con su fuerza elemental. Rico en deshielos, hambriento de tierra. El sonido de su caudal llenaba el paisaje y su humedad helaba los huesos de españoles e indígenas. Las huestes de Luis Miranda no querían apartarse de ribera del río, a pesar de que las patas de los caballos se enterraban en el lodo y las ruedas de los pequeños cañones quedaban atascadas en el barro. Era la única zona despejada en el camino de las innombrables. Rodeados por bosques, cuyos árboles parecían hablar un idioma inteligible, temían quedar atrapados por monstruos arcaicos.

Tras varios días de caminata, agotados por el frío y el miedo, con uno de los cañones irremediablemente enterrado en un pantano y tres indios muertos, Luis Miranda resolvió levantar un campamento para poder recobrar fuerzas y enviar un grupo de reconocimiento, que él mismo lideraría.

—Gonzalo, piensa en las riquezas que deja el río en el invierno. En el oro que podemos encontrar cuando el caudal baja o cambia. ¡Esta tierra está llena de riquezas! –dijo Miranda golpeando el hombro de su mecenas.

Abrió los brazos y los extendió al cielo como si quisiera abrazar el mundo que se presentaba ante sus ojos.

–Brindemos porque seremos los amos de Bravía –aseveró.

Pero Gonzalo de los Reyes no tenía ánimo de brindis, ni de aventuras. No sólo sacaba las cuentas por los tres indios muertos y el cañón que se hundía irremediablemente en el pantano, si no que le dolían los huesos y una tos seca le quemaba la garganta.

Miranda sabía que el comerciante no tenía su fortaleza y debía mantenerlo satisfecho para que no desertara.

–Quédate aquí en el campamento, mientras yo reconozco nuestras nuevas posesiones.

Llamó a su hijo mestizo, Francisco, que acababa de tomar los hábitos y viajaba convencido en la necesidad de salvar las almas de las salvajes que habitaban los bosques.

—Cuida de Gonzalo —dijo en voz alta para que el comerciante lo escuchara. Luego agregó por lo bajo en el oído del muchacho—. Si se va mientras yo estoy lejos, lo lamentarás.

Francisco era un muchacho guapo. Bajo las ropas sacerdotales se adivinaba el cuerpo fuerte heredado de la raza de su madre. Tenía los ojos negros, rasgados, y los cabellos castaños y levemente ondulados como los de Miranda.

Si bien era hijo y nieto de guerreros, era pacífico como un colibrí. Oraba y amaba profundamente a la Virgen, rindiéndole culto diario. Creía en los milagros y en la bondad de la gente, a pesar de que diariamente las brutalidades danzaban ante sus ojos ingenuos. Siempre perdonaba, especialmente a su padre, que lo trataba duramente. Tenía la esperanza de convertirlo en un buen hijo de Dios.

Capítulo II

Miranda partió con un puñado de soldados, un grupo pequeño de indígenas y su hermano Pedro, que lejos de la ciudad prefería vestir de soldado y era tan o más disoluto que Luis.

Sin carga y acompañados por hombres acostumbrados a la guerra, el destacamento avanzó fácilmente río arriba, sin toparse con ningún obstáculo.

—La historia de una tribu compuesta por mujeres es puro cuento de los indios —comentó Pedro una noche.

—El bosque podría albergar gigantes y no los veríamos —respondió su hermano.

Y la mañana le dio la razón.

Temprano, un soldado alertó a Luis que los indios habían visto a unas mujeres cerca del río. Se levantó de inmediato y junto a Pedro, partió con cinco españoles al lugar señalado. Desde lejos escuchó el río, el viento que movía las hojas de los árboles y entre las voces del paisaje, pudo distinguir las risas de unas muchachas.

Ordenó a todos tirarse al suelo y reptar entre los matorrales siguiendo las voces. Entonces vieron a dos muchachas cruzando en canoa el río.

Miranda dio la orden de avanzar, agazapados, para rodearlas cuando llegaran a la ribera.

Las jóvenes, distraídas, pensando aún en el ritual que acababan de vivir, no percibieron el peligro que las acechaba.

Silenciosas, llegaron a la orilla del río, se preocuparon de atar la canoa a un arbusto cercano al río y antes de que pudieran ponerse de pie, siete hombres se abalanzaron sobre ellas.

No pudieron gritar, porque les taparon la boca. Apenas pudieron resistirse, porque la fuerza contra ellas era descomunal y las ataron de pies y manos, dejándolas tiradas en el barro.

Por primera vez Miranda se enfrentaba con una leyenda. Tenía a dos innombrables en su poder.

Las observó largamente. Iban desnudas, sólo las cubría su largo pelo negro. Tenían los pechos pequeños y firmes, las caderas anchas, las piernas largas y fuertes. Nunca había visto cuerpos más perfectos.

—No era cuento de indios —le dijo Luis a su hermano.

Se inclinó sobre una de ellas, la tomó del pelo y la obligó a mirarlo.

—¿Es cierto que puedes embrujarme como cuentan los indios? —le preguntó.

Se soltó el pantalón y ordenó a sus hombres que sujetaran a la joven. La penetró con violencia, estrujándole los pechos, mordiéndole los hombros. Las lágrimas en el rostro de la muchacha y la sangre entre las piernas corrieron al mismo tiempo, alimentando la tierra de dolor.

—Y es virgen —se burló mientras jadeaba sobre ella.

Mientras su hermano aún no terminaba, Pedro, el fraile, agarró por los hombros a la otra muchacha y la obligó a inclinarse. Le enterró la cara en el barro mientras la violaba. Concentrado en el placer que le producía el cuerpo que se retorcía, no vio la figura de dos leones que se le lanzaron al cuello.

Luis Miranda tiró a la muchacha que desfloraba a un lado para ayudar a su hermano, pero los españoles, excitados, tardaron en reaccionar. Cuando lo hicieron ya era tarde. Los leones habían escapado al bosque tras cercenar la garganta de Pedro que se desangraba entre estertores.

La joven que había sido salvada por las bestias se puso de pie, logró deshacerse de las amarras, agarró un palo que estaba junto a ella y lo enterró en el falo del hombre que agonizaba. Luis Miranda la golpeó en el rostro, pero la muchacha no se quejó y le devolvió una mirada amenazante. Otro español le pegó con la empuñadura de su espada en la espalda, haciendo que cayera al suelo.

–Esta es una bruja –dijo.

Los hombres temblaban.

–Debemos regresar al campamento –ordenó Miranda, mientras miraba el cuerpo mutilado de su hermano.

Los hombres corrieron hacia el campamento, llevando a las dos muchachas maniatadas y malheridas.

Cuando llegaron ya había oscurecido y Miranda ordenó que pusieran a las dos innombrables en su tienda.

A medianoche el bosque pareció cobrar vida. El sonido de los árboles al mecerse con el viento se convertía en gritos y el río amenazaba con desbordarse. Luego comenzaron los rugidos. El movimiento de los leones y sus ojos hambrientos se adivinaban entre el follaje.

Indios y españoles querían escapar. Un par lo hizo cayendo en las fauces de las bestias.

Josefa entonaba una larga letanía junto al fuego, que se confundía con los rugidos y la amenaza del río que se volvía cada vez más torrentoso.

–¿Qué hace la bruja? –le preguntó Miranda a José.

–Nos mantiene vivos –respondió él, tan espantado como los españoles.

Gonzalo de los Reyes salió de su tienda y le dijo a Miranda:

–Si sobrevivimos esta noche, mañana regresamos al pueblo.

Miranda no protestó.

Josefa se puso de pie y caminó hacia su patrón.

–Puedo controlar el río y el bosque, pero los leones exigen el cuerpo de tu hermano.

–¿Qué dices, bruja? Él será enterrado en tierra consagrada.

–El cuerpo pertenece a los leones. No nos dejarán partir con él.

–¡Haz lo que dice! –gritó Gonzalo de los Reyes.

Los rugidos se intensificaron y Miranda pudo ver los ojos centellantes de al menos tres leones, que se acercaban peligrosamente.

–Háganlo –ordenó.

Entre tres indios de servicios, acompañados por Josefa, acercaron el cuerpo de Pedro al bosque. Cuando vieron las figuras de las bestias acercarse, corrieron hacia el campamento. Desde las tiendas escucharon a las bestias disputándose el cuerpo, y luego la naturaleza quedó en silencio.

Amanecía y el ambiente volvió a agitarse: la tierra tembló y una roca que había cerca del lugar donde tenían a las prisioneras, se agrietó.

Miranda ordenó levantar el campamento para regresar, llevando a las dos prisioneras encadenadas. La guerra había comenzado.

Coro

Ay, nuestras hijas. Las seguiremos llorando por la eternidad. Las esperábamos con las manos llenas de celebración. Le agradeceríamos a las Diosas, a los árboles, al río y a los leones por aceptarlas. Cantaríamos sus nombres la noche entera, hasta que los elementos repitieran Nemyek y Yelakma. La tres veces nombrada las bendeciría con el poder del hielo, del viento, del trueno y del relámpago, para poder comenzar a dominar la tierra que las Diosas nos heredaron.

Ay por nuestras hijas.

Ay por Nemyek y por Yelakma que nunca llegaron a celebrar.

Éramos tan felices que no podíamos adivinar la desgracia. Ni siquiera Iklam´nak nem percibió el peligro.

Lo supimos por los leones.

Ellos detuvieron la celebración.

Tenían los hocicos llenos de sangre humana. Sangre de hijos de otros dioses.

Pusieron los pedazos del cuerpo de un hombre a los pies de Iklam´nak nem. Las manos, los pies, un pedazo de espalda y un falo partido en dos.

Amanecía cuando la tres veces nombrada olfateó los restos del cadáver y vio en los ojos de los leones lo que había sucedido.

Iklam´nak nem gritó al cielo una maldición, echó los pedazos del hombre a la fogata y la tierra tembló de enojo.

Nuestra celebración era el comienzo de nuestro duelo.

Capítulo III

María Beatriz estaba junto al río cuando llegó la comitiva de hombres aterrorizados. Era una tarde hermosa, inusualmente cálida para la época, y el río tenía un color esmeralda que parecía jugar con los rayos del sol. A mediodía decidió dejar su claustro para que sus hijos disfrutaran de la naturaleza. Ya el invierno le había arrebatado a un varón, por lo que esperaba que la tibieza de la primavera fortaleciera a los otros. Las siervas le llevaron mantas, sillas y una mesa bien servida a la ribera del río. María Beatriz se sentó bajo la sombra de un árbol, observando a sus tres hijos correr. Se sintió orgullosa y el miedo de su corazón se apaciguó. Eran niños fuertes. El mayor, de diez años, tenía el cuerpo fornido de su padre, su voz impositiva, su instinto de liderazgo. El segundo, de siete años, era un poco más delgado, y había heredado el rostro dulce y pálido de su madre. "Lo haremos cura", había dicho Miranda. "Mi hermano será su guía". Aunque María Beatriz dudaba de la buena influencia que ejercería su cuñado sobre su hijo, había aceptado mansamente la decisión, al menos sería un sirviente de Cristo. Su única hija sólo tenía tres años, y se parecía más a su hermano mayor, a quien seguía todo el tiempo. Ambos se adoraban. María Beatriz cuestionaba que la pequeña siguiera los violentos ímpetus del primogénito, pero Miranda lo aprobaba. "Será una hacendada y debe ser fuerte", decía su marido y había un dejo de reproche en sus palabras. Sí, seguramente él quería una mujer como la que sería su hija, enérgica y atrevida; no como ella, que era tan pía, tan delicada, que bordaba obras de arte y oraba a la Virgen varias veces al día. "Mujer de convento", le había dicho una vez su marido con marcado desprecio.

María Beatriz disfrutaba la soledad de la hacienda cuando su marido no estaba, aunque jamás lo hubiera reconocido, pues lo consideraría un pecado.

Bajo la sombra del árbol, con los ojos perdidos en las aguas de Bravía, ella era libre y volvía a ser bella. Su cabello claro caía sobre sus hombros y bailaba con la leve brisa de la primavera. Era como un grupo de niños deseosos de libertad. Sus ojos verdes se mimetizaban con el río y su corazón se alimentaba de esa agua revoltosa y estimulante. Y reía por culpa del río, del sol, del viento, de sus hijos que corrían junto al torrente.

El temblor provocado por los cascos de los caballos de la comitiva de su marido, quebró su paraíso.

Asustada, llamó a sus hijos y los abrazó. Sentía que debía protegerlos. Era como si la oscuridad se adueñara del paisaje.

Vio a los hombres macilentos, con los ojos opacos, como si el bosque los hubiera enloquecido. Su marido estaba pálido, silencioso. Gonzalo de los Reyes aún temblaba.

El regreso había sido largo, lento, luctuoso. Tuvieron el viento siempre en contra, durante una noche brillante cayó una sorpresiva granizada, al día siguiente el río devoró los dos cañones que tenían. Y los leones. Sus rugidos los amenazaron cada noche. Perdieron a un indio y a un soldado español en sus fauces. Cuando dejaron el bosque atrás hasta Luis Miranda, que nunca había sido muy creyente, le agradeció a Dios el haber podido sobrevivir.

Los ojos de María Beatriz se clavaron en las dos salvajes. Siempre había odiado a las indias, las consideraba criaturas endemoniadas, que no podían ser hijas del mismo Dios, pero esta vez, por un breve momento, se sintió compasiva. Las muchachas eran poco más que unas niñas y estaban encadenadas, muy malheridas y los hombres no habían tenido la decencia de cubrir su desnudez. Como si la percibieran, ambas levantaron la mirada y observaron a la mujer rubia, que abrazaba a tres niños tan blancos como ella.

Los ojos negros e intensos de las prisioneras la aterrorizaron. Era como si toda la maldad del mundo se concentrara en esos cuatro ojos. Comenzó a gritar histérica, apretando a sus hijos contra su pecho, en un intento inútil de alejarlos de esas miradas.

—¡Haz que no nos miren! —le gritó a su marido— ¡Quémenlas! ¡Son brujas!

Los niños más pequeños comenzaron a llorar, mientras el mayor forcejeaba con su madre para que los dejara libres, pues sus brazos se habían convertido en cadenas que los asfixiaban.

Nadie en el grupo que regresaba del bosque reaccionó ante la histeria de María Beatriz. Fue el capataz de la hacienda quien bajó la mirada de las prisioneras a fuerza de latigazos.

Las sirvientas acudieron a socorrer a la hacendada. Lograron liberar a los niños que corrieron espantados hacia la casa y entre dos siervas tomaron a la mujer por los hombros para conducirla a su habitación, mientras ella continuaba gritando histérica. La llevaron a su cuarto, le dieron una tizana para poder calmarla, y finalmente la española se durmió mientras aún murmuraban: "Quémenlas, son brujas".

Capítulo IV

Encerraron a Nemyek y Yelakma en distintas alas de la hacienda, para evitar cualquier forma de contacto.

Yelakma, que había cercenado el falo de Pedro, siguiendo instintivamente un viejo ritual de guerra de su raza, era la más herida. El dolor en su cuerpo era intenso. Tenía fiebre. Se lamió la piel cuidadosamente, pero los golpes eran profundos y poco podía hacer para curarse. Estaba tan agotada que no logró ponerse de pie. Tirada sobre un jergón de paja en posición fetal, se dispuso a morir. Comenzó a orar. No lo hizo con palabras, ni siquiera con un murmullo. Nadie en la hacienda debía escuchar su lengua. Pero su corazón se llenó de las Diosas. La fiebre comenzó a ceder y el dolor se convirtió en una presencia lejana, como si fuera un sueño. Se vio entre los árboles, sintió su piel cubierta por el río y en su cuerpo latió la sangre de los leones. Al fin se durmió arrullada por el bosque.

(Te escuchamos Yelakma. Tu dolor se hunde en nuestros cuerpos. Somos tuyas. Las Diosas nos unen. Te atraemos hacia nosotras, te curamos las heridas, te murmuramos el bosque en tus oídos.)

Josefa entró en el cuarto donde dejaron a Nemyek. La muchacha estaba sentada, con la espalda apoyada en la pared de barro. La vieja la observó largamente y la joven le devolvió la mirada.

—Las innombrables nunca se inclinan —se burló Josefa—. Hay veces que es mejor arrodillarse, mascullar el odio con los ojos bajos y preparar en silencio la venganza. ¿Quién pensó que sería tan fácil deshacerse de Pedro? El maldito abría con su cuchillo el vientre de las indias que preñaba y las tiraba al río. Dicen que era para ocultar su pecado, como si su Dios cerrara los ojos cuando a él le conviniera. Y ahora está muerto.

La risa siniestra de Josefa sorprendió a Nemyek. Nunca había escuchado el odio.

—Tú eres la única que no debe temerme —le dijo a la muchacha.

Durante el viaje, la india había contemplado a Nemyek. Recordó al hijo que las innombrables le arrebataron y pensó que entre las muchachas del bosque podía tener una nieta. No se detuvo en Yelakma, desfigurada por los golpes, si no en la más apacible. Había algo de su hijo en ella. Percibía su presencia (o la imaginaba). Al examinarla detenidamente con la luz de una vela, el parecido se hizo más evidente.

—A ti nunca más volverán a atacarte.

Le ofreció a la joven un cuenco de barro lleno de agua que contenía hierbas curativas.

—Bébelo.

Ella dudó, pero la sed le hería la garganta. Le arrebató el cuenco y lo bebió.

—Eres mía. Miranda no te tocará. Él me necesita para alejar a las innombrables y yo haré un trato con él a cambio de que me deje conservarte. Te aseguro que nadie aquí se atreve a meterse con la bruja Josefa.

Nemyek no comprendía y se negaba a escuchar esa lengua extraña. "El habla domina", advertían las mujeres de la tribu a las niñas. "El habla esclaviza. El habla te corroe la cabeza y te aleja de las Diosas. Cierra los oídos al habla de los hombres".

Pero el agua de la mujer era buena. También el pan que le llevó. No había trampa en poder alimentarse, aunque la mujer no parara de recitar su monólogo.

(¿Dónde estás Nemyek? Te buscamos. Tu imagen es difusa. Ora a las Diosas. Siempre las has amado y ellas te han respondido. Lo hicieron en el bosque, en el río premiaron tu piedad y los leones vieron la pureza de tu alma. Búscanos Nemyek. Te estamos esperando. No permitas que te aprisionen).

Iklam´nak nem

Me he perdido. ¡Oh, Diosas! Soy una cría sin su madre. Muero de hambre, de frío, de miedo. El mundo ruge a mi alrededor y no sé cómo defenderme. Me enrosco en mí misma, buscando calor en mis propias carnes, pero mis huesos están tan helados que la sangre ya no calienta mi piel.

El dolor se ha adherido a mí como cadenas. Me subyugan las lágrimas. Es como morir. No puedo pensar, no puedo hablar. La inutilidad embarga mi cuerpo.

¡Diosas! ¿Qué es la vida cuando se vive?

He dejado la tribu. Yo. La que he sido nombrada tres veces, me he quedado sin palabras. Soy una oruga que no germinará. Se me han roto las alas antes de formarse. ¡Diosas! Estoy pegada a la tierra.

Me confieso. No soy digna de mi nombre. El bosque debió rechazarme. Soy débil. El egoísmo domina mis entrañas.

La amaba más que a todas. Desde que salió de mi cuerpo, se la presenté al río y sus aguas nos lavaron, mis ojos fueron suyos. Aunque la mezclé con las demás, aunque quise confundirla entre la manada, ella fue siempre distinta para mi carne, como si la mantuviera pegada a mi vientre, como si mis pechos aún quisieran alimentarla.

¿Todas en la tribu mentimos así? ¿Todas perseguimos secretamente entre las niñas a esas hijas que parimos en el río? ¿Todas oramos en silencio a las Diosas cuando ellas parten al bosque a buscar sus nombres para que regresen vivas? ¿Es que todas transgredimos vuestros mandatos, Diosas, y somos incapaces de romper ese lazo con la vida que iniciamos en el río?

Soy culpable de amar a la única que germinó en mi cuerpo. La amé más que al bosque, más que al río, más que a la tribu, más que a vosotras mismas.

Me hundo en mi falta y les entrego mi vida. Les devuelvo mis nombres. Me entrego a vosotras como una paria para que castiguéis mi error. He amado egoístamente y ese amor profundo se me devuelve como fuego, como yagas, como latigazos en la piel, pues la he perdido.

¡Diosas! ¿Por qué calláis? Terminad pronto con este tormento. He caminado cinco días buscando la muerte y me han evitado las bestias, el río se apartó de mí y me dejó caminar sobre su fondo pantanoso. La nieve que ha caído, no me toca y el hielo bajo mis pies no me hiere.

Busco la muerte y ustedes, Diosas, juegan conmigo y me convierten en inmortal.

Camino entre el hielo, voy subiendo la montaña para hundirme en vuestro vientre, y vosotras calláis.

Coro

La esperamos. Iklam´nak nem regresará. Las Diosas nos la dieron y Ellas la devolverán a la tribu. Es nuestra madre. La tres veces nombrada. Domina el bosque, los leones se inclinan cuando la ven y el río la bendice. Percibimos su dolor y lo callamos. Hay cosas de las que no se hablan, pues la lengua da poder.

Es el tiempo de las Diosas. La hora del florecimiento. No hay que romper la alegría del bosque, ni inquietar a los leones cuando sus crías son pequeñas.

Nos concentramos en los ritos del sol para que su fuerza nos haga poderosas cuando la noche domine al mundo y los hombres se vuelvan débiles.

Nosotras, las que no tenemos nombres, celebramos en verano. Devoramos la luz en nuestros rituales. Enterramos nuestros nombres bajo los árboles para que sus raíces los hagan fuertes. Nos bañamos en el río para que sus aguas hagan nuestra piel dura, como las piedras que juegan con la corriente.

La felicidad lo cubre todo en el tiempo de las Diosas. Nosotras no podemos nublar su luz. Aunque nuestro espíritu esté lleno de odio, aunque estemos maquinando la venganza, debemos mantener el silencio hasta que el día se acorte, la oscuridad domine el cielo y el hielo se adueñe de las montañas. Entonces nosotras resurgiremos.

Capítulo V

Miranda, María Beatriz y sus hombres estuvieron enfermos toda la primavera. Hubo dos que simplemente enloquecieron. Gonzalo de los Reyes siguió con dolor de huesos después de llegar a su casa en la ciudad, luego tuvo tos y una fiebre intensa, que no cedió a pesar de las tizanas, las sangrías y las oraciones en la Iglesia. El primer día de verano murió en medio de intensos delirios.

–¡No regreséis a Bravía! –dijo antes de perder el sentido.

Como no tenía parientes directos, la mayor parte de sus bienes los heredó a la Iglesia, pero en su testamento –redactado antes de su infausta aventura al bosque de las innombrables- no olvidó a sus amigos más cercanos, y Luis Miranda se llevó su tajada y la de su hermano, Pedro El Fraile, muerto en tan trágicas circunstancias.

Cuando recuperó completamente su fuerza, tras pasar una temporada dominado por la fiebre y los vómitos, Luis Miranda era un hombre rico.

Mientras su amo estaba enfermo, Josefa juró que lo cuidaría a él, a su familia y a sus bienes, si le daba a una de las innombrables que habían atrapado en el bosque.

—No a la que mató a mi hermano —le advirtió Miranda.

—Quiero a la otra —respondió Josefa.

—Déjatela. Intenta enseñarle a servir en la hacienda. Es sumisa e inepta como todos los indios. Únicamente te prohíbo que tenga contacto con la otra.

Con el permiso de Miranda, Josefa liberó a Nemyek. La llevó a su cuchitril y a duras penas logró vestirla.

—Aquí no puedes andar desnuda como en el bosque. Estos españoles dicen que todo es pecado y los hombres están deseosos de pecar. Debes andar con los ojos gachos y no llamar la atención.

También le costó trenzar su largo pelo negro. Debió pedir ayuda para mantenerla tranquila y poder peinarla.

Al otro día la metió en la casa patronal. A pesar de sus toscas vestiduras, el caminar sinuoso de Nemyek delataba que el bosque moraba en ella. La cabeza bien levantada y los ojos que miraban de frente, dejaban claro que no era la india sumisa que Miranda imaginaba.

—No, debes bajar la mirada —protestaba Josefa empujando la cabeza de la muchacha hacia abajo para que sus ojos miraran el suelo-. La patrona no debe notarte.

Nemyek intentaba no escuchar, pero no podía cerrar los oídos. Deseaba buscar a Yelakma para oír el sonido de su propia lengua y sacarse de la cabeza el ruido de las palabras que ahora llenaba su cabeza como un enjambre de abejas celosas, pero no sabía si su hermana había logrado sobrevivir a sus horribles heridas.

Una mañana caminaba junto a Josefa por uno de los patios interiores de la casa, cuando vio a una de las Diosas. Creyó que era una aparición. En medio del patio, dentro de una gruta de piedra, vio la figura de una mujer hermosa, cubierta con ricas vestiduras y coronada con una extraña tiara ritual. Tenía los brazos abiertos, como si la llamara.

Nemyek se precipitó hacia la figura y se arrodilló llorando.

Estupefacta por la reacción de su protegida, Josefa corrió hacia ella para levantarla, pero fue imposible, Nemyek estaba como petrificada, con la frente pegada a la tierra y las manos a los costados.

–Es María –dijo Josefa-. La patrona trajo esta Virgen para que le recemos.

"María". El nombre entró por los oídos de Nemyek, marcándose en su mente como un hierro caliente. "María". Había podido desechar el sonido de todas las demás palabras que había escuchado desde que la capturaron, pero esta era distinta, era el nombre de una Diosa. ¿Es que los extranjeros las conocían? ¿Hablaban con ellas? ¿Incluso las nombraban? Tenía la cabeza revuelta, quería vomitar, pero no se atrevía a levantarse, nunca antes había estado tan cerca de una de las Diosas.

Mientras Josefa intentaba inútilmente levantarla, pasó por allí el mestizo Francisco, que extrañamente era el único que no había enfermado tras la expedición a las tierras de las innombrables. Incluso la extraña muerte de su tío no lo conmovió porque lo consideró un designo divino.

—Es la sangre de indio que llevas en las venas lo que te hace tan frío —le había reprochado su padre.

—Es mi fe —había respondido el muchacho.

Al ver a Nemyek arrodillada frente a la imagen, Francisco lo interpretó como un milagro de la Virgen.

—¡Déjala Josefa! —le ordenó—. Todos necesitamos a nuestra Santa Madre.

Francisco se acercó a las dos mujeres, se arrodilló junto a Nemyek y comenzó a rezar en voz alta un Ave María.

Al escuchar la voz de un hombre adorando a una Diosa, Nemyek levantó la cabeza para mirarlo. Él le sonrió piadosamente y continuó orando. Completamente confundida, con el nombre de "María" coreando en su cabeza, la joven se desmayó.

Capítulo VI

Las heridas de Yelakma tardaron en curarse. Encerrada en una habitación de madera, cuyas ventanas habían sido selladas para evitar que la prisionera tuviera cualquier contacto con el exterior, la muchacha estaba débil y enferma. Apenas tocaba el poco alimento que le daban y bebía sólo lo necesario para continuar viviendo. Entre las maderas mal unidas del cuarto –cuyo calor era sofocante-, se colaban los primeros rayos del sol matutino. Sólo en ese momento Yelakma se movía para situarse bajo la luz, intentando absorber la fuerza de la naturaleza y guardarla en su cuerpo para hacerse fuerte en invierno, como le habían enseñado las mujeres de la tribu.

El silencio de la noche la reconfortaba. Su oído fino, de fiera, la llevaba al bosque y podía percibir el lenguaje de los árboles y el canto del río.

Durante esos días estableció una relación cercana con Bravía, cuyo cauce se ubicaba muy cerca de su prisión. El agua le hablaba, la consolaba, la fortalecía. A veces, cuando el silencio era profundo, el río le llevaba las oraciones de sus hermanas en el bosque y Yelakma sonreía a pesar de las cadenas.

Una tarde de primavera Luis Miranda entró al cuarto. Yelakma lo reconoció e intentó ponerse de pié, pero las cadenas eran pesadas, y ella estaba débil y adolorida.

Miranda ardía en fiebre. Daba tumbos y vomitó frente a ella.

—Bruja. ¡Tú me has enfermado! —gritó limpiándose el vomito con la manga de su camisa.

Se afirmó en la muralla, pues la habitación daba vuelta a su alrededor y vomitó nuevamente, salpicando el cabello de Yelakma. La muchacha se hizo a un lado y asqueada intentó limpiarse el cabello. El gesto indignó al español.

—Mataste a mi hermano —masculló—. Juró que pagarás su muerte. Tú y todas las salvajes que moran en el bosque.

Pateó a Yelakma en las costillas, en las caderas, en la espalda. La muchacha se retorció de dolor. Y aunque estaba débil por la fiebre, Miranda violó a la joven con ferocidad, con la intensidad del odio y la venganza.

La escena continuó repitiéndose y a medida que Miranda se recuperaba, las torturas hacia Yelakma se hicieron más intensas y el sexo más brutal.

—¿Es que no te vas a morir nunca, bruja? —le preguntó un día.

La resistencia de Yelakma lo irritaba. Cuando el viento comenzó a anunciar el final del verano, Luis Miranda decidió que había llegado la hora de matar a la salvaje. Ordenó a sus hombres ir a buscarla al cuarto y ponerla en el cepo. La joven estaba tan delgada que no costó ningún esfuerzo arrastrarla hasta el medio del patio, donde castigaban a los indios rebeldes.

—Aquí morirás de hambre y sed —sentenció Miranda.

Vencida por las torturas, Yelakma, medio desvanecida, distinguió a Nemyek entre los sirvientes de la casa. Vestía extrañamente, pero estaba bien.

Yelakma se sentía como dentro de un sueño. Todo era confuso. Escuchó que alguien gritaba. Le pareció ver a Nemyek corriendo hacia ella. Tenía algo en la mano. Un cuchillo quizás. Un muchacho vestido de una forma muy particular la detuvo y la desarmó. Miranda gritó algo. El joven que vestía extrañamente tomó a Nemyek entre sus brazos y con la ayuda de una india, la llevaron dentro de la casa. La estaban protegiendo. Yelakma quiso calmar a Nemyek, decirle que las Diosas la acompañaban, pero ni siquiera en el delirio usaría el lenguaje de su pueblo delante de extraños. Cerró los ojos y se dispuso a morir.

Esa noche Bravía demostró todo su poder. Se agitó como si hubiera tormenta. El viento se levantó violentamente y derribó una bodega de madera que estaba junto al río, para darle paso al agua. Completamente desbordado, el torrente se abrió paso por las tierras de Miranda arrasando con todos los sembradíos. La gente salió de la casa patronal, de las casuchas aledañas, escapando del río que arrastraba todo a su paso.

Bravía corrió hacia los pies de Yelakma y aunque su caudal continuó subiendo, la corriente se calmó. Delicadamente el agua lavó las heridas de la muchacha y ella bebió ansiosamente de su maná, que le devolvió la fortaleza.

Cumplida su tarea, el río regresó lentamente a su cauce original, ante el espanto de Miranda, de los soldados apostados en su hacienda y de sus siervos e indígenas.

Mientras el río se alejaba acompañado por un viento frío, nacido en la montaña, Josefa se acercó a su amo.

—Cada vez que intentes matar a la innombrable, los elementos se levantarán en tu contra —le advirtió.

Miranda recordó a los leones que mataron a su hermano, vio el río que parecía burlarse y tuvo miedo.

Entonces habló el viento de la montaña: como si fuera un alma en pena, recorrió los pasillos de la casa del hacendado. Parecía tener la forma de una mujer. Se detuvo frente a María Beatriz que tenía entre sus brazos a su hija menor. La española sintió el hielo en el cuerpo y creyó ver el rostro de una indígena en esa brisa transparente. Percibió un odio profundo en esos ojos fantasmales y luego la vio desvanecerse en un soplido que envolvió a la pequeña.

En la mañana, Yelakma seguía en el cepo, pero en vez de debilitarse con el viento y el río, su cuerpo había recuperado la fortaleza. La hija de Miranda, en cambio, había despertado con una fiebre altísima y murió antes de mediodía.

Cuando Miranda dio la orden de sacar a la innombrable del cepo, fue necesaria la fuerza de cinco hombres para dominarla. Y hubo que encerrarla en un cuarto de la propia casa patronal, destinado a guardar alimentos, pues Bravía había destruido la prisión donde Yelakma había sido tan cruelmente torturada.

CUARTA PARTE

Cuerpos de Fuego

Iklam´nak nem

Silencio. La nieve caía lentamente sobre mi cuerpo. Después de caminar durante días, me tendí sobre el hielo para esperar la muerte en la cumbre de la montaña. Sin nombre, sin habla, me entregaba a las Diosas humildemente. El sueño me comenzó a dominar. Sabía que era el comienzo. La muerte y el sueño son hermanos bajo el frío, lo había visto en los hombres que abandonamos en la nieve.

Sí. Era una muerte piadosa. Mi mente se hundía en la confusión. Había perdido mi cuerpo. Mi alma quería partir.

Me llené de imágenes. Los árboles me hablaban, pero yo no lograba entender su lengua. Los leones se acercaban hacia mí, sus ojos brillantes danzaban a mi alrededor, me mostraban sus dientes afilados y sangrientos. Vi el río. Me rodeaba, pero mis pies no tocaban el agua. Tuve sed y traté de inclinarme para beber, pero mi cuerpo estaba rígido. El canto del afluente torturaba mi garganta.

Caí en la oscuridad. Tuve miedo. De pronto la muerte dolía.

Nuevamente volví al bosque. No lo reconocí. No había árboles, no escuché a los leones y el río ya no cantaba. La tierra estaba poblada de espectros. Ánimas sin forma, sin voces, sin rostro. Quise preguntar, pero mi cuerpo había perdido la lengua. Se levantó una niebla espesa. Hedía a cadáveres. El olor se adhirió a mi piel y tuve asco de mí misma. Corrí. Quería encontrar la tribu. Pero no tenía puntos de referencia. Sólo me acompañaban los fantasmas y la niebla. De pronto la bruma se evaporó, descubriendo un paisaje macabro: los cuerpos masacrados de las mujeres. Nadie había sobrevivido. Entonces las ánimas se hicieron más claras y reconocí el alma de mis hermanas muertas, que se acercaban lentamente hacia mí como una turba que quería asfixiarme.

Abrí los ojos. La nieve caía, enterrando mi cuerpo lentamente bajo su manto de hielo. Tosí. Apenas lograba respirar.

Cuando cerré los ojos y otras imágenes vinieron a mi mente, supe que no era un delirio. Eran ellas. Yelakma y Nemyek caminando entre extranjeros, con hierros en las muñecas y los tobillos; con los cuerpos heridos y mancillados. La visión me llevó a la prisión de Yelakma. Vi al hombre que la violaba. Me dolió físicamente su tortura. Intenté seguir a Nemyek, pero su cabeza estaba tan confusa que casi no podía distinguir su rostro.

La nieve me cubría casi completamente. Intenté moverme. El hielo me quemó la piel. Respiré profundo y grité llamando a las Diosas, rogando venganza.

Mi comprensión se volvió perfecta, mi cuerpo ya no podía detener a mi alma, y mi lengua retuvo todas las hablas que me rodeaban. El lenguaje de la nieve, de la montaña, del río, de los invasores que retenían a mis hijas.

Volé sobre el río y vi a Yelakma atrapada en un aparato de madera. Convoqué al viento y al río para que le dieran consuelo. Hice que el agua destruyera los campos y arrasara con la prisión donde la castigaron. Caminé por la propiedad de aquel hombre, buscándolo, y me encontré con una mujer que protegía a una niña en los brazos. Olí al hombre en la pequeña. La sangre los unía. Me recordé en el río pariendo a Yelakma. La venganza llenó mi cuerpo descarnado y soplé la muerte en la niña.

Desperté fuerte. La nieve se había derretido y brillaba el sol intensamente. Las Diosas no habían permitido mi muerte.

Me levanté recia, poderosa. Nuevamente era Iklam´nak nem, la tres veces nombrada, la madre de las que no pueden ser conocidas.

Capítulo I

Era el primer domingo de otoño. Una brisa gélida circulaba libremente por las escasas casas existentes en el pueblo perdido de Bravía. En la noche había llovido tenuemente, por lo que las calles estaban húmedas. Un delicioso aroma a tierra mojada inundaba el ambiente.

Era la primera vez que Nemyek asistía a misa. Francisco estaba convencido de que detrás del largo mutismo de la muchacha, se anidaba una profunda fe por la Virgen, pues la había visto muchas veces arrodillada frente a la imagen que María Beatriz había instalado para evangelizar salvajes.

Llegaron temprano. Quería mostrarle los cuadros de María. Sus imágenes envueltas en ricas vestimentas hechas a mano.

(Los hombres han reunido a Las Diosas y las han encerrado en este templo de barro. Las atraparon en imágenes que tienen los ojos ciegos y no saben escuchar. Divididas por dioses que visten

como los hombres que nos han esclavizado, no pueden hablar entre ellas. Y sufren. Lo veo en sus ojos dolorosos que miran al cielo buscando las montañas, el bosque.

Las Diosas han sido sometidas. Sostienen niños en los brazos. Las mujeres han sido arrebatadas de sus pechos. Vigiladas, con los cuerpos cubiertos con ropas innecesarias, adornadas por objetos que sus corazones desprecian, se van quedando vacías de poder.

Caigo con ustedes, Diosas subyugadas. Me postro ante cada una y recuerdo el bosque y la montaña, desde donde dominaban al mundo. Compartimos las cadenas.

¡Esclavas todas! Aunque nuestros hierros sean invisibles, doblan nuestras espaldas).

El propio cura Remigio, a cargo de esa pobre parroquia amenazada por indios rebeldes y una naturaleza hostil, se sintió conmovido por las muestras de fe de la muchacha.

-Ella es una mujer piadosa —dijo Francisco mansamente.

Remigio echó una nueva mirada a la joven, que mantenía los ojos bajos, como Josefa se lo había enseñado.

-Mujer e india —comentó el cura Remigio-. Es una criatura salvaje, no tiene alma —agregó seriamente.

-Yo también soy mitad indio —respondió Francisco-, y sirvo a Cristo.

-Tú eres hijo de Miranda —contestó el cura golpeando la espalda del muchacho-. Esta, en cambio, es una salvaje.

Francisco observó largamente a Nemyek. Habían orado horas juntos delante de la figura de la virgen de María Beatriz. Había una conexión profunda entre ambos, formada por la fe en la madre de Cristo. Eso no era casual. Era Dios mismo demostrándole que las innombrables tenían alma, como también la tenía su madre, que lo había criado al calor de la cocina de la casa de Luis Miranda.

La misa transcurrió sin sobresaltos. Los viejos durmieron, los niños chillaron, los hombres se aburrieron y las mujeres se dedicaron a repasar sus culpas.

Cuando salieron, el frío se había acentuado y el viento se tornaba más iracundo, dando vueltas por la plaza como un animal enjaulado.

Repentinamente, cuando los primeros feligreses se disponían a regresar a sus casas, se levantó una ventolera descomunal que les impidió moverse. Una bruma clara, como la neblina de las noches de luna llena, inundó la plaza. Hombres y mujeres se persignaron. Entre la niebla se distinguió la figura de una mujer. Era una silueta blanca, esbelta, que emanaba una luz que sólo permitía ver sus contornos.

Muchos se arrodillaron. Era una santa. Era una virgen.

La figura estiró los brazos hacia ellos y dejó caer decenas de piedras a sus pies, pero nadie se atrevió a acercarse para recogerlas.

El viento se convirtió en un torbellino que danzó por la plaza, llevándose la bruma y la figura. Sólo quedaron las piedras que tiró al suelo.

Fue Luis Miranda el primero en acercarse al lugar. Se arrodilló y recogió una de las piedras. Era de un verde intenso.

-¡Son esmeraldas! –gritó- ¡La Virgen nos ha traído esmeraldas!

Josefa, que había decidido acompañar a su protegida a la misa, le respondió:

-Son las piedras de Bravía.

El cura Remigio recogió una de las piedras verdes. La estudió y luego se persignó.

-¡Es una señal del cielo! –exclamó mostrando la piedra a los vecinos.

Nuevamente Luis Miranda se sintió seguro.

-La Virgen nos pide que sometamos a las innombrables y nos premiará con grandes riquezas si las derrotamos –anunció.

Seguros de contar con la venía del cielo, los hombres juraron regresar al bosque y en el nombre de María terminar con el imperio de las salvajes.

Sólo dos mujeres, por razones muy distintas, se quedaron en silencio.

María Beatriz se metió en la Iglesia y se arrodilló ante la cruz, rogando por la seguridad de los dos hijos que aún vivían. Había reconocido en la bruma la figura del espectro que mató a su pequeña.

Tras meses perdida en palabras confusas, Nemyek volvió a sentir en su cuerpo la fuerza del río y recordó el lenguaje del bosque. Se sintió tranquila: las Diosas aún vivían en la montaña, las imágenes de la Iglesia eran intentos fallidos por atraparlas.

-Iklam´nak nem –murmuró para sí y el sonido de la tres veces nombrada la llenó de energía.

-¿Qué dices? –le preguntó Josefa.

Nemyek bajó la vista. "Iklam´nak nem", volvió a repetir en su mente y su alma se reencontró con el bosque.

Coro

Nosotras somos los espectros que moran en el lago. En las noches de luna llena, la montaña se refleja en el agua y en el fondo brillan las riquezas que los hombres nunca tocarán.

Aún vigilamos. Si entran al bosque nuestros ojos los perseguirán. Serán centellas amarillas que murmuran, rugidos de bestias muertas, latidos del ventisquero que se convirtió en piedra y cascada.

Somos hijas de las Diosas. Nos han roto el habla. Sin lengua vagamos buscando la venganza en las tormentas, en los montes que hierven, en los ríos indómitos.

No nos olvidéis. Carecemos de carne, de palabras, pero podemos despertar y reclamar lo que siempre fue nuestro.

Capítulo II

El vientre de Yelakma crecía como una maldición. Cuando su sangre dejó de brotar, se desgarró la piel del estómago, de las caderas, intentando deshacerse de ese ser que no había sido llamado. Pero la vida se adhería a ella, la ataba, la esclavizaba como las cadenas que la sujetaban a su prisión.

Luis Miranda no volvió a tocarla después de la inundación. Durante la noche, la imagen de la mujer salvaje lo torturaba. Despertaba con fiebre y ahogado con sus propios vómitos. La innombrable lo había enfermado, lo enloquecía, le presentaba la imagen de su hermano con la garganta destrozada, el cuerpo desgarrado y el falo hecho cenizas. A veces su cuarto se llenaba de olor a carne quemada y sus sueños se poblaban de mujeres danzando alrededor de una fogata que devoraba los restos de Pedro Miranda. Entonces se levantaba y corría al cuarto de su mujer como un niño necesitado de protección. Pero la habitación de María Beatriz era fría y la piel de su blanca esposa era helada como la de un cadáver. A veces, en su desesperación, buscaba a la madre de Francisco. La mujer había perdido completamente su lozanía, ya no tenía el caminar altivo de la hija del toqui que había muerto en batalla y su risa se había convertido en un eterno silencio. Sin embargo, seguía siendo la única mujer que alguna vez había amado. Aún ahora, cansada y vencida, seguía necesitándola. Se acostaba junto a ella y desaparecían las innombrables, su hermano, la fiebre, la enfermedad.

Josefa pertenecía a la misma tribu de la madre de Francisco. Ambas habían caído bajo el yugo español después de una batalla larga y cruenta, que le dio fama y riquezas a Miranda. Ambas lo aborrecían. Pero mientras la hija del toqui se había ensimismado en sus pensamientos, para proteger al mestizo que había engendrado, Josefa mascullaba sus votos de venganza.

Sobre una mesa del cuarto de Luis Miranda brillaban cuatro piedras verdes que la supuesta Virgen dejó caer en la plaza del pueblo. El español pasaba horas contemplándolas. Le habían dicho que no había esmeraldas en ese territorio perdido del mundo. "No hay riquezas", le juraron, "sólo encuentras tierras para cultivar e indios difíciles de someter". Pero él había progresado, era un hombre notable, su nombre era admirado en la capital y ya tenía medio comprado un título de nobleza.

Josefa lo conocía bien. Sabía que era hambriento como un mendigo, que le era imposible sentirse satisfecho, y las piedras lo llamaban.

-La Virgen los protegerá si entran en el territorio de las innombrables –le prometió Josefa-. Ella misma les ha traído las piedras. Debéis construirle un altar con las riquezas que encontréis en esas tierras.

Miranda convocó a los hombres del pueblo, alguno de los cuales participaron en la primera incursión a los territorios de las innombrables, y seguían con miedo recordando al bosque, a las bestias, al horrible fin de Pedro El Fraile.

Pero contamos con la ayuda de la Virgen María. Ella misma se nos apareció –les recordó Luis Miranda.

-No podemos dudar de esa aparición –respondió el cura Remigio-. Todos la vimos. Ya escribí a la capital para comunicar este milagro.

-Es un mandato divino –corroboró Miranda.

-Pero ya llegó el invierno —protestó un comerciante.

-Nada puede marchar en contra de la voluntad de la madre de Dios —declaró el cura solemnemente.

-¡Entonces está decido! —bramó Miranda-. Marcharemos contra las innombrables y las venceremos en su propio territorio. Esta vez no llevaremos cañones ni nada que dificulte nuestro andar. Sólo iremos hombres armados y caballos que puedan galopar en terrenos pantanosos.

-Y los acompañará la imagen de la Virgen para que los lidere y los proteja —agregó el párroco.

Esa misma noche, el hijo mayor de Miranda cayó enfermo. Tosía y tenía fiebre.

-Si vas a luchar contra las salvajes del bosque, morirán todos nuestros hijos —le advirtió María Beatriz entre sollozos.

-¡No digas estupideces! Eres una pobre mujer supersticiosa.

-Son ustedes los que no entienden. Creen que vieron a la Virgen, pero no son más que una tromba de hombres ignorantes. Lo que se apareció en la plaza fue el espectro que entró a la casa aquella noche en que el río se desbordó. ¡Esa cosa era el demonio que sopló la muerte en el rostro de nuestra hija!

-No va a detenerme el miedo de ninguna mujer —respondió Miranda con desprecio.

-Entonces tus hijos morirán.

-¡Qué así sea! Todavía te queda vientre para que yo engendre a una docena de hijos más.

María Beatriz calló, pero por primera vez en su vida se permitió maldecir. Se imaginó la muerte de Miranda devorado por demonios. Escuchó sus gritos pidiendo piedad y sintió placer por su dolor y ya no tuvo remordimientos.

Una semana más tarde murió el primogénito de Luis Miranda. El español escondió su dolor. Asistió al funeral silencioso, recibió el pésame de sus amigos y de regreso a casa se concentró en los preparativos de su empresa. María Beatriz, por su parte, se encerró en su cuarto y sólo volvió a salir cuando su marido abandonó la hacienda para aventurarse río arriba.

Iklam´nak nem

Soy la que las Diosas conocen. Me han nombrado tres veces. Me han recogido de la nieve para convertirme en algo que ni yo misma comprendo. Soy la naturaleza, soy la venganza. En mis manos encierro el destino de mi pueblo y de mis enemigos. Ya nada me retiene. Soy como el viento. Tengo cuerpo. Las hijas de la tribu pueden verme y escucharme. Pero también soy un hálito, una luz, un pedazo de bruma y brisa. Corro por encima de los árboles y camino sobre el río.

Navego. Nado sobre el aire.

Me he llenado de riquezas. Mis hermanas han arrancado de las cuevas las piedras brillantes con las que deliran los hombres y se las he tirado a sus pies. Las recibieron como aves de rapiñas. En ellos la ambición pesa más que el miedo.

Vengan. Nos hemos convertido en bestias hambrientas esperándolos. El bosque los ansía. Quiere devorarlos. Sois nuestras presas. Corred hacia nosotras con esa hambre que los enloquece. Marchad orgullosos e indefensos. Quemaremos vuestros corazones oscuros a orillas del lago y alimentaremos a los leones con vuestras carnes.

Venid. Iklam´nak nem los está llamando.

Coro

Hemos guardado el tiempo de las Diosas. El bosque floreció y elaboró sus frutos. El río bebió de las montañas para renovarse. Limpió sus sedimentos, lavó sus piedras, se llenó de agua pura. Las bestias parieron y crían cachorros fuertes que enfrentarán el frío.

Nosotras nos alimentamos de sol. La savia de la selva late en nuestros corazones. Renovamos nuestros votos ante el altar de las Diosas. Ahora somos tan fuertes como los vendavales que atemorizan a los hombres. Tenemos las bocas ahítas de conjuros y los dientes filosos como lágrimas de hielo.

Iklam´nak nem regresó a nosotras, pero ya no es parte de la tierra. Es una encarnación de las Diosas. Jamás una maga tuvo un poder así. La destrucción se lee en sus ojos. Es la hora de la batalla. Convocó a los leones y les anunció que la muerte nos acecha.

-Llevad lejos a vuestros cachorros para que vuestra casta sobreviva —les ordenó-, pero dejad a vuestros guerreros, pues llegó la hora de las promesas.

La hora de las promesas. La hora de la guerra. La hora del fin.

Capítulo III

María Beatriz empacó sus cosas. Eran pocas. Una Biblia que no sabía leer, una imagen de la Virgen que se trajo desde España, unos vestidos oscuros y viejos, y las piedras verdes que su marido guardaba en su cuarto. Necesitaba recursos para comenzar una nueva vida.

Tomó al único hijo que le quedaba. Guardó ella misma su ropa. No quería que ninguna india lo tocara. Y lo subió a una carreta.

–Iremos al puerto y tomaremos un barco que nos llevará a la capital –le anunció al niño.

–¿Y mi padre? –preguntó el pequeño.

–Tu padre murió –afirmó María Beatriz resuelta.

–¿Y quién cuidará la hacienda?

–Déjasela a sus mestizos –respondió con desprecio–. Esta tierra está maldita.

Sólo se llevó a tres sirvientes. Uno para que guiara la carreta y dos para que los protegieran en el camino.

—Miranda tiene una casa en la capital. Nos instalaremos allí –les anunció.

Se sentó junto a su hijo en la carreta. Cuando los bueyes comenzaron a andar, María Beatriz miró por última vez su casa. Le pareció sombría, malsana. Creyó ver los pasillos llenos de fantasmas. Incluso distinguió la figura de su cuñado rondado en los sembradíos.

Era temprano. El cielo estaba nuboso y la humedad atravesaba las carnes. Una brisa invernal hacía danzar las hojas secas.

Al cruzar la entrada, María Beatriz sintió el pecho apretado, le costaba respirar. Poseída por una determinación que nunca antes había sentido, abrió la boca para comer el aire que le faltaba y la fuerza de ese oxígeno frío, salvaje, le llenó el cuerpo. Después lo sopló con fuerza, como si lo escupiera.

—¡Mamá! Tus ojos brillan –exclamó el niño al mirarla.

La hacienda iba quedando atrás y María Beatriz disfrutaba del cielo, de las nubes oscuras que lo poblaban, del viento que anunciaba un temporal. Era libre. Y comenzó a reír y reír ante el estupor de los sirvientes.

—¿Por qué ríes mamá?

El rostro pálido de María Beatriz había recuperado los colores, y, a pesar del frío, sus manos estaban tibias.

Estrechó a su hijo en su pecho y continuó riendo.

—Porque hoy conozco la victoria —respondió mientras la carreta avanzaba hacia la costa, muy lejos de Miranda que se hundía en el bosque.

Capítulo IV

La hacienda parecía abandonada. Sin Luis Miranda, sin María Beatriz, sin herederos a quienes rendirle pleitesía, los moradores quedaron sin amos. La gente esperó uno, dos, tres días. No volvió María Beatriz ni llegó ningún mensajero de Miranda. El capataz escapó durante la noche, llevándose unos candelabros de plata y unas monedas que el hacendado escondía en un cofre debajo de su cama. A la semana, la mayor parte de los siervos había dejado la hacienda, poseídos por un temor supersticioso. Sólo quedaron los indios.

Fue el momento que escogió Mailen para romper el silencio. Tras años de esclavitud, de ser la amante obligada de Miranda, de soportar sus arremetidas de amor y violencia, dejó la cocina y buscó a su hijo mestizo. Lo encontró orando en su cuarto.

Sin mediar provocación, Mailen abofeteó al muchacho que cayó al suelo espantado por el golpe.

—Sácate esa ropa y deja de comportarte como un sirviente —ordenó la madre.

—Soy un sacerdote. Son cosas que tú no puedes comprender.

Un nuevo golpe en la mejilla le demostró a Francisco que ella no estaba bromeando. Se incorporó asustado. Siempre la había visto como una sombra que pululaba en la cocina; algo sin voz, sin voluntad.

—Soy Mailen, hija de un toqui que murió defendiendo su tierra y la libertad de su gente. Deja de ser una vergüenza para tu pueblo. Abandona esas ropas y toma lo que es tuyo.

Francisco se alejó de su madre, para que su mano no lo alcanzara con una nueva bofetada.

—Madre, no te entiendo. Yo soy un bastardo de Miranda, un mestizo. Lo único que sé acerca de mí es que soy un sacerdote.

—No eres el hijo de Miranda —protestó Mailen escupiendo el suelo—. Eres Linkoyan, nieto de Lihuel, y esta tierra pertenece a nuestro pueblo.

Sin mediar más palabras, Mailen se abalanzó sobre su hijo con un cuchillo en las manos. Francisco sintió la fuerza del cuerpo de la mujer y aunque manoteó tratando de defenderse sin hacerle daño, se rindió a su rabia.

Mailen destrozó la sotana de su hijo, dejándolo envuelto en girones.

—Nunca más volverás a vestirte como uno de ellos —juró Mailen.

Alertada por los gritos, Nemyek entró al cuarto. Sin entender lo que sucedía, se interpuso entre la madre y Francisco.

—Vuelve a la selva —dijo Mailen—. Tú no perteneces a este lugar.

Ignorándola, la muchacha se acercó a quien durante meses había sido su protector. Tocó sus ropas destrozadas y con profunda ternura, acarició su rostro magullado.

—Aléjate de él —le advirtió la madre—. No perderé a mi hijo en el bosque.

(Las palabras se abren y te atrapan como serpientes. Su veneno te detiene el corazón, te paraliza los pensamientos y los amolda como si

fueran de barro. Quise cerrar los oídos, pero su habla se metió en mí como los temores que dominan a los hombres.

La escuché. No podía seguirme mintiendo. Comprendía sus cuchicheos, las amenazas, las oraciones de Francisco.

¡Oh Diosas! Fui yo quien las traicionó.

Aprendí su nombre. ¡Francisco! Lo tuve en mi cabeza desde que lo vi la primera vez junto a mí arrodillado frente a aquella imagen. Nombrarlo devoraba mi alma.

Por buscar un nombre enfrenté al bosque, al río, a los leones y, por el nombre de un hombre me perdía en la niebla de lo prohibido).

Nemyek saltó sobre Mailen y con la agilidad de un gato la desarmó. Gruñendo como una fiera, la empujó fuera del cuarto y cerró la puerta. Ambos jóvenes se quedaron en silencio, mirándose. Luego, Nemyek buscó en un baúl otra sotana para Francisco.

Le entregó la primera que encontró, pero él se negó a recibirla.

—Ya nada puede ser lo mismo —murmuró él, dejándose caer sobre la cama—. María, es mejor que me dejes solo.

(*María. Así me llamaba él. Creo que hasta hizo una ceremonia para poder nombrarme. En ese entonces no comprendía, sólo mantenía los ojos bajos como me había enseñado Josefa, para evitar llamar la atención de la bestia que torturaba a Yelakma.*

Confieso. Lo hago como un criminal. Enjuiciadme, Diosas, soy culpable, condenadme.

Quería escuchar mi nombre en los labios de Francisco. Estábamos solos. Nadie más lo sabría. Creí que podía ocultarme de vuestros designios).

La muchacha se arrodilló frente a Francisco, que estaba sentado en el borde de la cama, y suavemente acomodó la cabeza sobre sus piernas.

—Nemyek —murmuró.

El contacto con la joven lo estremeció. Nunca había estado tan cerca de una mujer. Acarició su cabello largo suavemente. Ella levantó el rostro y lo abrazó con su mirada de ojos negros, profundos y enigmáticos, como la tierra que la había parido.

—Nemyek —repitió ella.

Francisco se inclinó y besó los labios de la joven. Ambos sintieron el calor de sus cuerpos y se continuaron besando.

—Nemyek —repitió él en un gemido.

Francisco besó la piel dulce de Nemyek, acarició sus pechos firmes, mordió su pezón cerrado y enhiesto. Ella buscó su miembro entre sus ropas destrozadas y lo dejó entrar en su cuerpo ardiente y húmedo. Engarzados en una danza enloquecida, no escucharon que afuera del cuarto el mundo se derrumbaba.

Capítulo V

Los hombres estaban en medio del territorio de las innombrables. Tenían el río a la derecha, el bosque los rodeaba, y aunque la noche estaba despejada y la luna creciente brillaba alegremente en el cielo, como una ironía que no tocaba la tierra, la oscuridad delante de ellos era absoluta. La luna les negaba su luz.

Muchos habían escuchado las historias de la primera expedición, cuando los rugidos de los leones los perseguían y los árboles, convertidos en espectros, los amenazaban con sus manos leñosas. Sin embargo ahora, junto a la oscuridad, reinaba el silencio, uno tan intenso que podía tocarse, y más terrorífico que el sonido de las bestias y el hambre de los demonios.

—Mirad el río —dijo uno de los hombres.

A duras penas, alumbrados por teas que sólo ardían pocos minutos, vieron las aguas de Bravía. El río se había detenido. Era como si esperara algo, como si los acechara.

Agotados, los hombres levantaron el campamento e intentaron dormir, pero el sonido de un canto los despertó. Era un murmullo inteligible que parecía provenir de los árboles.

–Son como sirenas –dijo el cura Remigio, y recordando la leyenda griega, hizo que los hombres se taparan los oídos.

Pero el canto no se detuvo y entró a la cabeza de los hombres como una pesadilla, dominando sus movimientos, torturando sus mentes.

Repentinamente el río se despertó en remolinos que se acercaban a la ribera. Era una danza que obedecía al canto que llenaba la selva. La melodía aumentó de intensidad y el agua enloqueció alzándose en un remolino que devoró a una decena de hombres. Luego regresó el silencio, y el río volvió a detenerse como una fiera satisfecha después de darse un festín.

Durante el día siguiente los hombres continuaron la marcha, pero la luz no aminoró sus temores. Después de mediodía, una tormenta oscureció el paisaje. El agua era filosa, como pedazos de hielo, que se lanzaban en picada al río detenido. Los caballos se encabritaron. Varios tiraron a sus dueños y se perdieron entre los árboles.

La noche cayó rápido sobre los hombres que intentaron inútilmente prender fogatas para poder secarse. Ya no llovía y el suelo se había convertido en un fango pegajoso y malsano. Los hombres tenían fiebre y varios decidieron regresar.

—Al final nos esperan las esmeraldas y tenemos armas para enfrentarnos a las salvajes —les prometió Miranda.

—Las armas aquí no sirven de nada, por eso los indios nunca quisiera entrar a estas tierras.

—No pueden comportarse como cobardes —respondió Miranda.

Pero el grupo de hombres estaba convencido. Dieron media vuelta y emprendieron el regreso.

En la oscuridad se volvieron a escuchar los rugidos y el movimiento sinuoso de los leones. Miranda disparó a ciegas hacia los árboles y varios de sus hombres lo imitaron, pero sus balas morían en la oscuridad.

Entonces escucharon los gritos desesperados de los hombres que habían decidió regresar, quienes cayeron en las fauces de los leones que los rodeaban.

–Ya no hay regreso –comentó Miranda y su frialdad espantó a quienes lo seguían.

Capítulo VI

Nemyek y Francisco despertaron tarde esa mañana. En la noche había caído una tormenta feroz, pero nada inquietó su primera noche juntos. Estaban confundidos. No querían salir de ese cuarto que los protegía, pero no podían escapar de su destino.

—Ahora estoy a cargo de esta hacienda —dijo Francisco amargamente.

Se levantó y buscó ropas en los baúles. Sus días como sacerdote habían terminado.

—Ahora seré Linkoyan. No regresarán los españoles a estas tierras —afirmó.

Nemyek recordó a su compañera, aún atrapada en un lugar de la hacienda.

—¿Y Yelakma? —preguntó.

Linkoyan dudó un poco antes de responder.

—¿Te refieres a la otra? —preguntó.

—Yelakma —repitió ella como si fuera una afirmación.

—Ni siquiera sé si vive aún.

—Vive.

Los jóvenes encontraron a Mailen y Josefa en la cocina. Habían discutido. La frialdad entre ambas era notoria.

—¿Dónde está la innombrable? —preguntó Lincoyan. Su voz era enérgica y autoritaria.

—No dejarás libre a esa fiera —le advirtió Mailen-. Entre ambas van a matarte.

—Deja de intrigar contra mi nieta. Ella es parte de nuestra gente, como lo es tu hijo —gruñó Josefa.

—Deja de crear fantasías. Desconoces de dónde salió esta —protestó Mailen.

Lincoyan golpeó la mesa con el puño. Las dos mujeres lo miraron sorprendida. Ya no era el dócil hijo mestizo de Miranda, todo su cuerpo emanaba autoridad.

—Llévenme donde está la innombrable.

(Ya no volveré a ver el río, ni subiré a los árboles del bosque, ni escalaré las montañas para hablar con las Diosas.

Yo quería tener un nombre para aprender a dominar los elementos, para interpretar las tormentas, para atrapar el viento entre mis manos, pero muero de sed y dolor en esta prisión putrefacta.

Diosas. Recibidme. Perdonad los actos de mi cuerpo, pues no son los de mi alma. Soy pura. Soy Yelakma. El río me amaba. Jugamos y danzamos en mi rito de iniciación. Los árboles me cobijaron y los leones reconocieron mi valor. Necesito que me reciban. Quiero volver a respirar el aliento de los árboles, escuchar la lengua de mi tribu, el rugido de las bestias. Diosas, venid a buscarme y depositad mi cuerpo en la nieve con el rostro mirando hacia las estrellas).

Lincoyan y Nemyek encontraron a Yelakma en una habitación húmeda, abandonada sobre sus propias deposiciones. Lincoyan no soportó el olor del lugar y salió. Nemyek, en cambio, se mantuvo firme y liberó a su hermana de las cadenas.

—Alek nak nem —murmuró el saludo ancestral en los oídos de Yelakma.

La muchacha abrió los ojos lentamente y sonrió al ver a Nemyek.

—Nak nem silik —respondió ella débilmente.

Nemyek intentó ayudar a Yelakma a ponerse de pie, pero el dolor y la debilidad carcomían su cuerpo.

—¡Linkoyan! —llamó Nemyek a su amante.

Apelando a su presencia de ánimo, el muchacho volvió a entrar al cuarto. Vio a Nemyek intentando levantar a Yelakma, quien tenía el vientre redondo de vida y las piernas ensangrentadas.

—Está a punto de parir —dijo Linkoyan con espanto—, voy a llamar a Josefa.

—¡No! —gritó Nemyek- Al río.

(La vida es confusa. Las piernas no quieren caminar y los brazos han perdido su fuerza. Sólo este

dolor, este cuchillo que me parte el vientre, llena lo que queda de mí.

Siento a Nemyek. Huelo su piel, percibo sus manos y escucho el saludo de las Diosas en su boca. Pero es un delirio, es un demonio que viene a torturarme, mostrándome a Nemyek hablando en una lengua extraña)

Al ver a Nemyek junto a Yelakma, Lincoyan comprende que ambas son espíritus del bosque, seres extraordinarios y salvajes, imposibles de dominar. Simplemente obedece y carga en sus brazos a Yelakma para llevarla al río.

(El viento. Su frío cubre mi rostro dominado por la fiebre y llena de vida mis miembros. Veo las nubes que sonríen para mí.

¡Oh Diosas! Agradezco vuestra piedad. Veo las luces en el cielo, los truenos hacen temblar la tierra y cae la lluvia para limpiar mi cuerpo. Abro la boca y engullo el agua. He vuelto al bosque).

Capítulo VII

Al atardecer, los hombres de Miranda llegan al lago que alimenta al río. Llueve copiosamente. El paisaje es sobrecogedor. El tempano que reposa al final del lago, los observa con sus ojos blancos e inexpresivos.

Caminan por la orilla del lago. Están solos. Han triunfado. La tierra se ha rendido bajo sus pies.

Cuando entran a la cueva que está junto al tempano, olvidan el miedo, el cansancio. Las paredes brillan. La gruta completa está llena de riquezas. Podrían arrancar las esmeraldas con sus propias manos.

—¡Seremos los hombres más ricos de esta tierra! —exclama Miranda y con un cuchillo pica la montaña para sacar una pedazo de piedra verde.

Se escucha un crujido desde fondo de la cueva. Es como un quejido, como si la montaña reclamara por la herida que acaba de sufrir.

Aunque el día es oscuro, los hombres ven un extraño brillo proveniente del exterior. Salen de la cueva con las armas empuñadas, las ballestas cargadas, los arcabuces listos para disparar.

Las innombrables se han congregado alrededor. Son cientos. Aunque el frío es intenso, sólo se cubren por sus propios cabellos largos y oscuros. No tienen armas, pero tampoco tienen miedo. Sus ojos son como relámpagos que brillan en la oscuridad.

Los hombres se quedan inmóviles. Esas no son mujeres. No parecen de carne. Son almas del bosque.

—¡Disparen! —ordena Miranda enfurecido por la inercia de sus compañeros.

Se escuchan las armas, el vuelo de las flechas, pero ellas no se mueven. Las balas y las saetas caen al suelo como hojas mustias, sin alcanzarlas.

—¡Ataquen! —decide Miranda desenfundando su espada.

Los hombres se lanzan contra el grupo de mujeres. Entonces la lluvia se convierte en cristales de hielo filosos como espadas y se levanta un viento recio que los obliga a retroceder, refugiándose en la caverna.

—¡Es una trampa! —exclama Miranda—. Siempre fue una trampa.

Se acerca hacia ellos la figura de una mujer. El granizo y el viento no le afectan. Su belleza es asombrosa. Les sonríe, mostrando unos dientes perfectos. Embrujados por los ojos oscuros de la aparición, por un momento los españoles se sienten a salvo. Ella estira las manos hacia ellos como si quisiera protegerlos, pero es sólo una ilusión. Con el movimiento de sus brazos sella la caverna con una espesa capa de hielo.

Los hombres, desesperados, disparan a la pared helada, la golpean, intentan perforarla con sus armas, pero ésta se mantiene incólume.

Escuchan la risa de la mujer y su grito de venganza.

Tiembla la tierra y los hombres escuchan el tempano desquebrajándose. Sonido de agua, de río. Bravía estalla. Lo último que los hombres ven es un torrente que rompe la pared de hielo y hunde la cueva bajo una eternidad líquida.

Capítulo VIII

Linkoyan deposita con cuidado a Yelakma en la ribera del río. La tempestad arrecia. Los relámpagos incendian el cielo.

—Dejémosla —dice Nemyek.

Linkoyan se niega. La joven parturienta ni siquiera logra ponerse de pie y la corriente del río sube violentamente, como si quisiera desbordarse.

—Así nacemos —explica Nemyek.

Pero a Linkoyan no le importa. No puede dejarla sola.

(El agua me despierta. Me deslizo sobre ella. Volvemos a danzar. Ya no siento dolor. Dejo que las manos del río busquen en mi cuerpo. Abro las piernas y entrego una nueva vida a las Diosas. Rompo con los dientes la carne que nos une y le presento al río el pequeño ser que llora para que lo limpie y lo

consuele, pero el agua se parte en dos, se niega a tocarlo)

La tierra se quiebra en un terremoto. Caen las paredes de la hacienda. La gente grita. Una grieta gigante corre río arriba y el torrente se convierte en olas como si fuera mar. Se escucha un gruñido desde el centro de la tierra y las montañas braman como si tuvieran vida propia. Un cerro explota en un destello de fuego y cenizas.

(*Levanto la vida que el río no quiere tocar. Está oscuro. No veo bien. Su piel es resbalosa. Escucho su llanto y quiero llorar también. La luz de la montaña ilumina al ser que he parido y contemplo mi aberración. Es un hombre. Grito, me maldigo y tiró el niño al río. He traicionado a las Diosas*)

Linkoyan se lanza a las aguas indómitas de Bravía. No lo piensa. Debe salvar al recién nacido. Lucha contra el agua. Es fuerte. Alcanza al pequeño, lo sujeta y percibe que su corazón aún late. Incentivado por la vida que depende completamente de él, nada hasta la orilla.

Deja al niño en los brazos de Nemyek, que observa con amargura su sexo.

—Debía morir —dice.

—Vivirá —responde él.

(*El agua me cubre. El río me lleva a su lecho. Me abraza. Me acuna. Escucho sus palabras que me consuelan.*

¡Oh Diosas! Perdonadme)

Josefa y Mailen corren a la ribera del río buscando a los jóvenes.

—Hay que escapar —anuncia Josefa.

La montaña escupe fuego y humo; es un espectáculo terrorífico y hermoso.

La tierra no deja de temblar y piedras calientes comienzan a llover sobre la hacienda.

En medio de la catástrofe, desde las profundidades del río emerge la figura de una mujer que carga el cadáver de Yelakma en los brazos.

—Iklam´nak nem —anuncia Nemyek.

El espíritu mira a la joven y le sonríe.

—Alek nak nem —le dice la tres veces nombrada.

—Nak nem silik —responde Nemyek y cae de rodillas, pues el saludo significa que las Diosas la han perdonado.

La aparición mira largamente a Josefa y en su idioma nativo le pregunta:

—¿Me recuerdas?

Josefa se estremece. Es la mujer que vio cuando se fue al bosque buscando a su primogénito.

—Esta es la hija de tu hijo —señala mostrándole el cadáver de Yelakma—. Esta es la sangre que no protegiste.

Nuevamente Iklam´nak nem mira a Nemyek, a Linkoyan y al hijo de Yelakma. Pronuncia una bendición y se levanta una niebla que rodea a la pareja. Una luz indescriptible los ciega. Son sólo segundos. Cuando la bruma se desaparece están solos. No hay río, no hay montañas, ni fuego, ni piedras, sólo se escucha pacíficamente la danza de las olas del mar, jugando a tocar la arena.

Nemyek camina por la playa seguida por Linkoyan. El cielo está despejado. La arena, el mar, la luna tienen un sonido que ella desconoce. Bravía y las innombrables han quedado atrás, hundidas en un infierno de lava y cenizas.

Iklam´nak nem

Soy la última de mi tribu. Hemos vencido y hemos caído. Violamos el voto que hicimos a las Diosas y Ellas han despertado a la tierra para castigarnos.

Hemos dejado de ser. Hemos perdido nuestros nombres.

Vuelvo a la cima de la montaña donde las Diosas nos bendecían. Veo la destrucción. Explota la tierra. Su esencia inunda los terrenos. La muerte late en el bosque.

Dejo a mi hija sobre la nieve. La veo por última vez y beso sus mejillas heladas. No has pecado Yelakma, eres pura, las Diosas te han abierto los brazos.

Me tiendo junto a ella y veo el cielo por última vez. Sobre mí caen cenizas y escarcha.

Hemos dejado de ser

FIN

Agradecimientos

Agradezco la paciencia y apoyo de mi marido Alberto, quien ha incentivado mi vocación por la escritura.

Gracias a mi amiga Bárbara Salas por enamorarse de esta historia y no permitir que la dejara en el olvido.

Gracias a mis amigas Maricel Contreras y Andrea Estrada que han confiado en mi trabajo con entusiasmo y cariño.

Un saludo especial a mi abuela Rosa Morales por entregarme su amor incondicional.

Índice

Primera Parte

Cuerpos de Tierra 8

Segunda Parte

Cuerpos del Bosque 29

Tercera Parte

Mujeres y Cuerpos 49

Cuarta Parte

Cuerpos de Fuego 87

Made in the USA
Columbia, SC
22 May 2022